KB050550

현세귀환록

현세귀환록 3

초판 1쇄 인쇄일 2015년 1월 27일 | **초판 1쇄 발행일** 2015년 1월 29일

지은이 아르케 | **펴낸이** 곽중열 | **담당편집 팀장** 이범수
편집부 신연제 이윤아 김호성 김은경

펴낸곳 (주)조은세상 | **출판등록** 제 2002-23호
주소 경기도 연천군 미산면 청정로 1355
TEL 편집부 02)587-2966 | FAX 02)587-2922
e-mail bukdu@comics21c.co.kr

ⓒ아르케 2014
ISBN 979-11-5512-881-7 | ISBN 979-11-5512-878-7(set) | 값 8,000원

현세귀환록

現世歸還錄

아르케 현대 판타지 장편소설

NEO MODERN FANTASY STORY & ADVENTURE

③

북두

CONTENTS

NEO MODERN FANTASY STORY & ADVENTURE

現世
歸還錄

1장. 후담

NEO MODERN FANTASY STORY & ADVENTURE

현세귀환록

1장. 후담

50대 정도로 보이는 한 중년인이 검은 가죽의자에 앉아 있었고, 현대풍의 검은색 테이블 앞에는 70대 노인이 서 있었다. 잠시 먼 곳을 응시하던 50대 중년인은 노인을 바라보고 물었다.

"벤자민 부총재님, 아직도 인식장애를 해제하지 못하였나요?"

"네, 죄송합니다. 총재님."

노인은 유니온의 부총재인 벤자민 그린이었고, 노인의 앞에 있는 인물은 유니온의 앤더슨 총재였다. 총재는 죄송하다는 벤자민의 말에 손사례를 치며 말을 이었다.

"아닙니다. 부총재님이 미안해하실 사안은 아니지요.

마스터급의 쇼군을 그렇게 척살해버린 퍼니셔가 펼친 인식장애 결계라면 분명 쉽게 해제되지는 않을 것입니다."

"사실 인식장애 결계는 일반인들에게서 이능력자들의 모습을 감추기 위해서 올림포스에서 개발한 마법이라 해제의 난이도가 그리 높지 않습니다. 고위 마법사가 걸었다고 해도 별도의 락을 걸지 않는 이상은 해제하기 어렵지 않을텐데. 이번엔 락도 안 걸려 있습니다."

벤자민의 말에 앤더슨 총재는 의아한 표정으로 벤자민에게 되물었다.

"그런데 왜 해제가 안 되는 것이지요?"

"문제는 인식장애라는 결과물은 같지만 마법 체계가 전혀 달라 노이즈 자체를 필터링 할 수가 없다는 것입니다. 이렇게 넓은 범위에 펼쳐진 결계라면 어느 정도 노이즈 패턴이 보일텐데 그 패턴조차 발견하기 힘든 상태라 해제까지는 더 오래 걸릴 것 같습니다. 사실대로 말씀드리면 지금 제 실력으로는 불가능할 것 같습니다."

"흐음……."

"오히려 락이 걸려 있다면 인식장애 패턴의 키만 발견하면 되니, 이걸 푸는 것보다는 차라리 고위법사의 락을 푸는 것이 더 빠를 것 같습니다. 예전 7서클 마법사의 락을 풀 때보다도 더 어려운 상황입니다."

마법사가 아닌 앤더슨 총재는 벤자민의 말을 모두 이해

할 수는 없었으나, 현재 그 인식장애 결계를 풀기 힘들다는 사실은 확실히 이해하였다.

"올림포스에 보내보는 것은 어떻겠습니까?"

"어차피 올림포스에서도 이미 대지의 기억을 추출하여 갔을 것입니다. 사안이 사안이지 않습니까."

"하긴 사안이 사안이지요. 아무리 비상임위원이라 하더라도 위원회의 멤버가 이렇게 살해당한건 처음이니 올림포스에서도 가만히 있지는 않겠지요."

앤더슨의 말을 받아 벤자민은 말을 이었다.

"그리고 마법이라면 탐욕을 부리는 올림포스에서 자신들이 만들지 않은 마법에 대해서 궁금해 하지 않을 리가 없을 것입니다. 분명 지금 분석 중일 것입니다.

마법공학 쪽은 우리가 나을지 몰라도 순수 마법 쪽으로는 올림포스를 따라갈 수 없겠지요. 하지만 지금 제 생각으로는 올림포스라도 쉽게 해제하지는 못할 것 같습니다."

"음…… 그래도 올림포스니 마법이라면 어떻게든 분석하지 않겠습니까? 분석 결과가 나오면 우리에게도 알려줄 것 같나요?"

"그러지 않을 가능성이 높습니다. 위원회도 우리가 그쪽을 견제하는 것을 상당히 느끼고 있지 않습니까?"

둘을 제외하고는 방에 아무도 없었지만 앤더슨은 목소리를 낮추며 벤자민에게 말했다.

"그렇지요. 요즘 위원회의 감사관들이 움직이는 것도 예전 같지 않고, 기존에 차출되어 유니온에 배치해 놓았던 정예들도 상당수 다시 본래 조직으로 돌아갔다 하더군요."

"우리 유니온에서 키운 정예들도 상당한 수준으로 올라왔기 때문에 크게 걱정할 사항은 아닙니다. 위원회에서 차출되어 유니온에 들어온 정예들이 돌아가더라도 우리 유니온의 힘만으로도 카오틱에빌들은 충분히 제어할 수 있을 것입니다.

"그렇기는 하지만 아직 상위 등급이 너무 부족해요. A급 능력자를 상대할 정예조차 이제 20명을 채웠지 않습니까. 위원회와 상대하기에는 너무도 역부족이죠."

위원회와 상대한다는 이야기를 할 때에는 그 목소리가 더욱 더 낮아졌다. 앤더슨의 우려섞인 낮은 목소리에 벤자민은 다소 힘을 주어 말을 하였다.

"맞습니다. 하지만 우리에게는 마법공학이 있지 않습니까. 우리가 시중에 판매하는 장비가 아니라 우리만의 역작인 마나장비를 착용한다면 C급의 능력자라도 충분히 A급을 견제할 만 할 것입니다.

B급 정도 되면 역량과 마나장비에 따라 어쩌면 A급을 이길 수도 있을 것이고 말입니다."

"그건 그렇지만 그래도 우리 자체적으로 A급 요원들을

더 키울 필요가 있습니다. 이제 마법이나 무공에 대한 정보는 각 조직의 비전이라 할만한 내용을 제외하고는 충분히 획득했지 않습니까?

우리 유니온도 더 이상 각성형 능력자에만 매달릴 것이 아니라 체계적인 마법이나 무공의 수련을 통해서 안정적으로 능력자를 길러내야 할 것이에요."

아무래도 앤더슨은 마나장비에 대한 의존 보다는 마법이나 무공을 통해서 자체역량을 키우는 것을 원하는 듯 하였다.

마나장비에 대한 기대감이 컸던 벤자민은 다소 힘이 빠진 듯 대화를 이어갔다.

"그 부분은 이미 진행은 하고 있습니다. 하지만 총재님도 아시다시피 마법이나 무공은 절대적인 시간이 오래 걸리지 않습니까?

지금 가장 빠른 아이가 이제 C급에 올라섰다더군요. 아직은 시간이 더 필요한 것 같습니다."

"그래도 아직 스무살도 안 되었는데 C급이라…… 대단하군요. 어차피 절대적 시간은 어쩔 수 없지요. 처음부터 시간은 필요하다는 것을 알고 시작했지 않습니까? 특히 무공에 신경을 더 써주세요. 그쪽이 우리 마나장비와 상성이 가장 좋더군요."

"네. 저도 그렇게 판단하고 진행하고 있습니다."

벤자민의 다소 힘빠진 분위기를 느낀 앤더슨이 마나장비를 언급하자 벤자민은 힘을 주어 대답하였다. 벤자민의 분위기를 돌린 앤더슨은 무언가 생각났다는 표정으로 그에게 다시 물었다.

"그러고보니 올림포스에서 유니온으로 넘어오려는 마법사는 더 없는가요? 마법공학 쪽에 관심이 있는 마법사라면 충분히 매력을 느낄만한 조건일텐데 말이죠."

"4서클 마법사 정도는 다소 있는 편인데 5서클 이상의 중위급 마법사는 마법공학 보다는 순수 마법에 더 관심이 있으니 영입하기가 상당히 어려운 실정입니다."

"하긴 벤자민 부총재님이 특이한 경우이겠지요."

벤자민은 6서클 마스터 마법사로 아직 7서클의 벽은 넘지 못하고 있지만 그 지식은 7서클에 못지 않았다.

올림포스에서 마법공학을 전문으로 연구를 하고 있었으나 순수 마법사 집단인 올림포스에서는 크게 인정받지 못하였고, 결국엔 자신의 연구를 알아주는 유니온으로 옮겼던 것이었다.

벤자민이 유니온에 합류한 이후 유니온의, 아니 전세계의 마법공학 수준이 한단계 업그레이드 되었기에 벤자민 역시 천재의 한 부류라 할 수 있었다.

"하여튼 문제는 A급이라기 보다는 마스터급을 상대하는 것입니다. A급 능력자야 물량으로 장비로 해결할 수 있지만 마스터급은 달라요.

지금도 우리 유니온에서 마스터급을 상대할 수 있는 사람은 저 뿐이지 않습니까. 혹시 해결할 방법은 찾으셨습니까?"

"……아직은 시간이 필요한 부분이 있는 것 같습니다. 우선 추정하건데 AA1 팀을 전부 동원하면 한명 정도는 발을 묶어둘 수 있을 것 같습니다만……."

이 부분만큼은 아직 해결하지 못하였는지 벤자민은 힘주어 대답하지 못했다.

"그 시간은 공평하지요. 우리에게만 주어진 것은 아닐 겁니다. 사실 지금도 위원회에서 마스터 급이 두어명만 나서더라도 우리는 버텨낼 수가 없을 겁니다. 하긴 그래서 아직 위원회가 우리를 만만하게 보고 있기는 하지요."

"하지만 저들의 폐쇄적인 분위기에 비해서 우리는 마법에도 무공에도 각종 비술에도 열린 시각으로 접근하고 있지 않습니까? 마법공학 역시 매우 빠른 속도로 발전하고 있구요. 아마 10여년의 시간만 지나면 우리도 마스터를 상대할 방책이 생길 것이라 생각합니다."

벤자민은 시간이 지나면 위원회의 발전 보다는 자신들이 월등한 속도로 발전하여 위원회를 극복할 수 있을 거라고 자신하였다.

"10년이라…… 부총재님 말씀대로라면 10년간은 위원회의 손아귀에서 절대 벗어날 수 없겠군요."

"아 ……아니 그런 말은 아니고……."

앤더슨의 다소 자조섞인 말에 벤자민이 약간 당황해하며 말을 받았고, 그의 그런 모습을 본 앤더슨은 강한 어조로 다시 벤자민에게 말을 했다.

"그래서! 우리가 퍼니셔를 먼저 찾아야 합니다. 어떤 의도로 쇼군을 해치우고 헤이안에 그런 글을 남겨놓았는지 퍼니셔를 찾아서 확인해봐야 할 것입니다."

"하지만 인식장애를 풀지 못한다면 찾기는 힘들지 않겠습니까?"

"인식장애를 해제하는 것은 올림포스에 맡기고 우리는 우리의 방식으로 찾아야지요."

"우리의 방식이라면?"

"우선 우리는 퍼니셔의 이번 행동으로 세 가지의 정보를 얻었습니다."

앤더슨은 손가락을 세 개를 펴며 말을 했고, 벤자민은 그런 그를 보며 반문하였다.

"세 가지라면?"

"쇼군과 헤이안의 수뇌부를 그렇게 해치운 것을 보면 퍼니셔는 최소한 마스터 이상의 강자라는 것입니다."

"그렇지요. 쇼군만 해도 S급의 마스터였고 헤이안의 수뇌부들도 최소 A급에서 A+급의 강자였으니 말입니다. 그들은 한번에 처리했다면 S+급 이상은 되어 보이는 군요."

"맞습니다. 두 번째는 무공과 마법을 둘 다 사용이 가능하다는 것이죠. 만약 무공과 마법을 혼자서 그 정도로 사용했다면 SS급은 될 것입니다.

만약 혼자가 아니라면 최소한 마법에 능한 조력자가 있을 것입니다. 인식장애 결계의 수준이나 전장 가운데의 화염마법의 흔적을 보면 그 또한 S급은 될 것이니 최소 한명의 SS급이나 두 명의 S급이 있다는 것이지요."

"그 흔적을 보면 타당한 추측이겠지요. 확실히 마법의 수준도 저보다 우위에 있는 듯 했으니 S급은 된다 할 수 있겠습니다. 그럼 마지막 정보는 위원회와 아니 적어도 헤이안과는 대립하고 있는 입장이라는 것이겠군요."

앤더슨의 의도를 파악한 벤자민이 그의 말을 받아서 말을 덧붙였다.

"그렇습니다. 이런 정보를 토대로 우리가 위원회 보다 빨리 '그'인지 '그들'인지 모를 퍼니셔를 찾아서 의중을 확인해봐야 할 것입니다."

"의중이라면……."

"만약 퍼니셔가 단지 쇼군과의 개인적인 대립이 아니라 위원회 전체와 대립하는 것이라면 우리에게도 큰 힘이 되겠지요. 퍼니셔가 어떤 의도로 쇼군을 척살하였는지는 모르겠지만 쇼군 개인만이 아니라 수뇌부까지 다 척살한 것으로 보아 헤이안 전체와 대립했다고 보는 것이 더 맞겠지요."

"그렇겠지요."

"그리고 추측이긴 하지만 헤이안과 비슷한 성향인 위원회와도 적대할 가능성이 높지 않겠습니까? 만일 위원회에서 복수한다고 나서면 금상첨화일 것이구요. 그렇다면 우리와도 충분히 손잡을 만하지요. 적의 적은 친구라는 것이지요."

"친구라······."

"만약 우리가 퍼니셔와 친구가 될 수 있다면 위원회를 맴버들 하나하나를 견제하기가 더 쉬울 것입니다. 만약 그게 계속 암중에 머물며 위원회의 수뇌부들을 제거해 준다면 우리의 목표달성이 더 빨라지겠지요."

애초에 위원회에서 태어난 유니온을, 위원회와 동등한 독립된 조직, 아니 위원회를 넘어서는 조직으로 만들기 위해서 앤더슨과 벤자민은 그간 많은 노력을 하였다.

둘의 최종적인 목적은 위원회를 굴복시키고 이능세계의 패권을 쥐는 것이지만 위원회가 있는 한 그것은 불가능 할 것이다.

하지만 S급의 강자를 배후의 위원회를 저격할 수 있는 킬러로 사용할 수 있다면 그 목표에는 한 발 더 빨리 다가설 수 있을 것이다.

그러나 유니온은 아니, 앤더슨 총재와 벤자민 부총재는 하늘위에 하늘 있다는 의미에 대해서는 깊이 생각하지 않았다.

그 하늘 밑의 하늘에는 자신들도 해당 된다는 것을 그들은 간과하고 있었다.

또한 위원회에는 그들이 생각하지도 못하는 괴물이 있었고, 강민은 마치 용을 잡아먹는 가루라처럼 그들조차 잡아먹을 수 있는 존재인 것을 앤더슨 총재와 벤자민 부총재는 모르고 있었다.

퍼니셔의 이야기를 하던 앤더슨 총재는 갑자기 생각난 듯 벤자민 부총재에게 물었다.

"아. 그러고 보니, 그 때 연금의 일족에 대한 조사는 어떻게 되었습니까? 확실히 연금의 일족이 맞던가요?"

"아직은 추정일 뿐입니다. 확실히 밝혀지지는 않았습니다."

"만일 연금의 일족이라면 위원회와는 확실히 대적할테지만, 우리도 그들의 원한에서 자유롭지는 못하니 신중하게 접근해야 할 것입니다."

"그래서 정체가 확인 될 때까지 한국지부에도 섣불리 건들지 말라고 지시해 놓았습니다."

앤더슨은 잘했다는 표정으로 고개를 끄덕이며 말을 이었다.

"일단 그들의 정체부터 확인하고 만약 연금의 일족이
맞다면 그들이 과거의 일을 어느 정도까지 아는지 확인하
는 것이 가장 관건일 것입니다."

"그렇습니다."

"그들이 과거의 일을 알지 못하고 있다면 우리 부분을
은폐하고 위원회에 한 일에 대한 정보만 제공하는 것도 생
각해 보십시오.

어차피 연금의 일족은 위원회와 같이 가기 힘들 것이니
관련 사실만을 알려주더라도 분명 위원회의 적이 될 것입
니다.

하지만 만약 우리가 위원회에 정보를 제공한 것을 알고
있다면 당시 우리의 불가피성에 대해서 알리고 협조를 구
해야하겠지요. 현재 어디까지 조사가 진행되었습니까?"

앤더슨의 물음에 벤자민이 천천히 대답을 하였다.

"우선 연금의 일족이라 추정되는 강민과 김유리의 과거
행적에 대한 조사를 진행 중인데. 아무리 파헤쳐도 지난
10년간의 행적이 조사되지 않고 있는 실정입니다. 유력한
추정으로는 여태껏 등장했던 다른 연금의 일족 후예들과
마찬가지로 일족들이 마련해 놓은 이공간 쉘터에 빠졌다
가 10년간 그곳에서 마법과 무공을 익혔다고 판단하고 있
습니다."

고개를 끄덕이던 앤더슨은 무공이라는 벤자민의 말에

의아한 표정으로 그에게 물었다.

"하긴 연금의 일족은 그렇게 등장하는 경우가 많았으니까요. 그런데 연금의 일족은 무공과는 무관하지 않았습니까?"

"물론 기존에 출현하였던 인물들은 그러하였지만, 일족이 뿔뿔이 흩어진 다음 오랫동안 세계를 돌아다니며 누군가는 무공을 수집했을 가능성도 있으니까요."

"일리 있는 추정이군요. 그런데 불과 10년만에 이능이 없던 인물이 S급의 마스터까지 오를 수가 있었겠습니까? 우리도 지금 마법이나 무공 능력자를 양성하고 있지만 그정도 수준까지는 못하고 있지 않습니까?"

"그것이 걸리는 부분입니다. 일단은 연금의 일족 비전이 그것을 가능하게 하지 않았나 하고 추정은 하는데 확인된 바는 없습니다."

벤자민은 다소 자신이 없는 표정으로 앤더슨에 말했고 앤더슨은 그를 이해한다는 표정으로 고개를 끄덕였다.

"그렇군요. 그들에 대한 감시는 하고 있지요?"

"주요 감시 대상에 올려는 놓았습니다만⋯⋯."

"무슨 문제라도 있나요?"

"아무래도 S급으로 추정하다보니 지근거리에서 감시하기는 어려운 점이 있습니다. 이미 접근했다가 기절한 상태로 발견된 A급 요원이 세 명이나 발견되었습니다. 살해가 아니라 기절이니 일단 경고의 의미인 것 같은데 더 이상 요원을 배치한다면 요원의 목숨을 보장할 수도 없을 것 같고, 거주지에는 이미 마나결계가 펼쳐져있어 감시의 의미도 없기에 현재는 철수 한 상태입니다."

"A급 요원이 반항조차 못하고 기절해버렸다면 확실히 S급은 맞는 것 같은데…… 그렇다면 지금은 어떻게 감시를 시행하고 있습니까?"

"위성을 통한 감시를 하고 있습니다."

"위성이라…… 그렇다면 간신히 행적 정도만 알 수 있는 수준이겠군요?"

"네. 그것도 순간이동을 사용하는 경우에는 다음 행적을 찾기가 힘든 점이 있습니다."

연금의 일족에 대해서 이야기하던 앤더슨은 잠시 생각을 가다듬다가 벤자민에게 한가지 질문을 던졌다.

"음…… 그런데 이번에 연금의 일족으로 추정되는 인물들은 무공도 한다하지 않았던가요? 무공과 마법이라…… 퍼니셔와의 관련성은 없겠습니까?

둘 다 같이 S급으로 판단되는데 알려지지 않은 S급이 갑자기 동시다발적으로 나올 가능성보다는 둘이 동일인일 가능성이 높지 않겠습니까?"

앤더슨의 추정은 합리적인 판단이었다. 그들의 입장에서는 한국과 일본은 가까운 거리에 있는 두 나라였고, 보기드문 S급 능력자가 비슷한 시기에 두 군데에서 나타났다면 충분히 동일인임을 의심해 볼 수 있었다.

"저도 퍼니셔의 이야기를 듣고 가장 먼저 그들을 의심하였습니다만, 조사결과 동일인이 아니라는 판단을 하였습니다."

"무슨 이유이지요?"

"사실 정황상 둘이 동일인이라 생각하는 것이 더 합리적인 판단일 것입니다. 지금 연금의 일족으로 추정되는 강민은 백록원의 마지막 계승자라고 할 수 있는 최강훈을 데리고 있습니다.

백록원은 과거 헤이안의 사주로 멸문지경에 이른 경험이 있는 바, 강민과 퍼니셔가 동일인이라면 갑자기 헤이안을 친 이유도 설명할 수 있겠지요."

유니온에서는 백록원이 야마토의 습격을 받고, 그들까지 강민이 해치운 것까지는 몰랐으나, 최강훈을 강민이 거둔 사실은 주변을 감시하고 있었기에 알고 있었다. 그랬기에 벤자민은 이런 추정을 할 수 있었다.

벤자민의 이야기를 듣고 더 의아한 표정으로 앤더슨은 그에게 물었다.

"그렇지요. 그런데 왜 동일인이 아니라는 것이죠?"

"마나파문이 다릅니다. 강민과 유리엘의 마나파문은 저희가 유니온 멤버카드를 발급할 때 확보하였는데, 이번 퍼니셔의 마나파문과는 전혀 다른 파문형태를 보이고 있습니다."

"아……."

마나파문이 다르다는 벤자민의 말에 앤더슨은 바로 이해를 하였다. 마나파문은 마나 이능력자들이 자신의 마나를 외부로 발현하면 생기는 파문으로, 일반인들의 손가락 지문이나 눈동자 홍채의 패턴이 다른 것처럼 마나파문 역시 마나 능력자별로 모두 다른 형태를 가지고 있었다.

따라서 이런 마나파문은 능력자들의 주요 신분 증명 수단이 되기도 하였다.

일반적으로 대기 중의 마나파문은 금방 사라지지만 대지나 물건에 남은 마나의 파문은 상당 시일 남아있어, 유니온은 이 마나파문을 이용하여 이능력자가 죄를 저지른 경우 마나파문 데이터 베이스를 통하여 범인을 추적하였다.

그래서 유니온의 멤버들은 마나 능력을 이용하여 범죄를 저지르는 경우가 적었고, 주로 능력자 범죄는 유니온에 등록하지 않은 그레이울프나 카오틱에빌 등이 일으키는 경우가 많았다.

하지만 이들도 자주 범죄를 일으키는 인물들은 데이터 베이스에 그들의 마나파문이 등록되어 있어 요주의 인물로 관리 및 수배되어 흔적이 발견되는 즉시 체포되었다.

앤더슨과 벤자민은 정답에 가까운 추정을 하였으나, 자신들의 기술력을 너무 믿어 스스로 정답을 부인하였다.

강민과 유리엘은 이미 마나의 패턴을 변화시켜 그들의 신분을 위장하는 기술을 알고 있었기 때문이었다.

마나파문은 차원마다 부르는 말은 달랐지만 그 용도는 비슷하였고, 마나문명이 많이 발달한 곳에서는 일반인의 마나파문까지도 데이터베이스화 해서 신분증 용도로 쓰는 경우가 많았다.

그리고 그런 곳에는 마나파문의 형태를 랜덤하게 변화시키는 기술, 파문을 암호화 시키거나 다른 사람의 파문으로 위조하는 기술 등이 만연하였고, 헤게모니를 쥐고 있는 집단에서는 변조된 파문에서 원래 파문을 찾는 기술 등을 갖고 있는 경우가 많았다.

신분증 위, 변조 기술이 발전하면서 그것을 찾아내는 기술 또한 발전하는 것과 같은 양상이었다.

수많은 차원을 다닌 강민과 유리엘은 이미 마나파문을 위, 변조 할 수 있는 기술을 알고 있었고, 변조된 마나파문을 찾는 기술까지도 알고 있었다.

그래서 유니온 멤버가 되면서 자신들의 마나파문이 등록된 것을 알고있는 강민과 유리엘은, 자신들을 알리고 싶지 않는 경우에는 유니온 멤버카드를 만들 때 사용한 마나파문과는 다른 마나파문을 사용해 왔었다.

강민과 유리엘은 위조 추적 기술까지 피해갈 수 있는 마나파문을 형성 해놓았지만 이 곳에서의 마나파문에 관한 기술 수준을 알았다면 큰 의미가 없는 행동일 수도 있었다.

이곳에서의 마나파문에 관한 기술은 아직 기초 단계였고, 그것을 위, 변조 할 수 있다는 생각조차 하지 못했기 때문이었다.

이런 이유로 마나파문이 다르다는 밴자민의 한마디에 강민과 유리엘은 퍼니셔의 후보에서 제외되고 말았다.

만일 유니온에서 백록원과 야마토에 얽힌 일을 더 자세히 알았다면, 그리고 야마토와 강민 사이에 얽힌 일을 더 자세히 알았다면 정황상 강민을 더 강하게 의심할 수 있었을 것이고 그에 따라 마나파문에 대한 의문을 가질 수 있었을지는 모르겠으나 현재까지는 유니온에게 강민과 퍼니셔는 철저히 다른 인물이었다.

"음. 퍼니셔를 찾는 것과 동시에, 그 연금의 일족을 우리 쪽으로 끌어들이는데 좀 더 노력을 기울여 보세요. 히든카드는 많으면 많을수록 좋겠지요. 아직 위원회에는 노출되지 않았죠?"

"네, 위원회에는 아직 노출되지 않았습니다. 다만……."

"다만?"

"강민과 몇 번 이야기를 했는데, 우리 쪽으로 끌어들일 만한 동인이 없습니다. 결국 연금의 일족에 대한 비사를 알려서 위원회와 적대하게 할 수 밖에 없을 것 같습니다. 다만 그 쉘터에는 어느 정도의 정보가 있었는지 확인할 수 없어서 아직은 그 정보를 알리는 것을 망설이고 있었습니다."

"그렇겠군요. 우리가 관련된 것까지 알고 있다면 오히려 역효과가 날 수도 있을테니 말입니다."

"그렇습니다. 그래서 아직은 신중히 생각하고 있습니다."

"음...... 최후의 수단으로는 어느 정도 진실에 가깝게 말하고 우리 입장을 변호하는 수밖에 없겠군요. 당시 위원회의 수족이나 다름없었던 우리가 취할 수 있는 방법은 얼마 되지 않았으니 말입니다. 강민의 성향을 분석해서 감정적으로 움직이기 보다는 합리적 판단을 하는 사람이라 판명되면 사실을 털어놓고 협조체계를 구축하는 쪽으로 생각해 봅시다."

"알겠습니다."

✤

세월의 흐름을 오랫동안 겪은 것이 분명한 원탁에 8인의 인영이 앉아 있었다. 그러나 준비되어 있는 의자는 9개로 한자리는 비어 있었다.

원탁의 가운데에는 빛을 내는 수정구가 있었는데 그 빛이 약해서 원탁 위에만 간신히 밝히고 있었고, 원탁에 앉은 사람들에게까지는 그 빛이 미치치 않아 그들의 얼굴은 보이지 않았다.

차별이 없는 자리를 뜻하는 원탁이었지만 한자리의 의자만 나머지 9개의 의자와 다른 실루엣을 보였다.

정황상 이 원탁의 회의를 주재한 인물로 보였다. 아니나 다를까 나머지 의자보다 조금 더 크고 장식이 들어간 의자에 앉은 인물이 말을 꺼냈다.

"오랜만입니다. 다들."

회의의 주재자가 말을 꺼내자 반대편에 앉아있던 한 사람이 말을 받았다.

"6개월 만인가요? 그런데 정기모임을 할 시기도 아닌데 갑자기 이렇게 소집한 이유가 무엇입니까? 의장님."

"역시 소식이 늦군."

"과연 뭔가 아시는가 보군요. 역시 소식이 빠르십니다."

"자네가 소식이 늦은 것이겠지."

의장의 옆에 앉아 있던 사내가 면박을 주었지만 의장 반대편의 남자는 특별히 대꾸하지 않았다.

잠시 좌중을 살피던 의장은 이내 침묵을 깨고 한마디를 던졌다.

"이미 아시는 분도 있겠지만, 헤이안이 무너졌소."

"뭐라구요?"

의장 반대편의 남자를 제외하고는 모두가 알고 있었던 듯, 그 둘을 제외하고 놀라는 모습조차 보이지 않았다.

자신을 제외하고 다들 사실을 알고 있었던 것 같이 보이자 그는 내심 신음을 삼켰다. 그가 가만히 있자 그 옆에 앉아 있던 남자가 의장에게 물었다.

"헤이안이 무너진 것이야 대부분 알고 있던 사실인데, 이유가 밝혀졌습니까?"

"아직 밝히지 못했소."

"신기하군요. 대지의 기억에서 정보를 얻지 못하신겁니까?"

"그렇소, 이번엔 그 현장에 광범위한 인식장애 결계가 쳐져 있어서 대지의 기억을 읽어도 소용이 없었소."

"인식장애 결계라면 얼마든지 해제하실 수 있지 않으신 가요?"

"나도 그렇게 생각했네만. 기존의 마법과는 전혀 다른 마법 체계더군요. 지금 그 체계를 연구하고 있는데 인식장애를 해제하고 제대로 된 정보를 얻으려면 상당히 시간이 오래 걸릴 것 같소."

"허어…… 다른 마법 체계라니…… 그럼 범인은 다른 세계에서 온 인물인가요?"

다른 세계라는 말에도 의장은 별다른 목소리의 변화가 없이 자연스럽게 대답하였다.

"일단은 그렇게 추정하고 있소. 이곳의 마법 중 내가 모르는 마법이 있다는 생각은 하지 않고 있으니…… 그리고 마나파문 역시 기존에 등록된 자는 아니었소. 물론 그레이울프나 카오틱에빌이면 마나파문을 등록하지 않겠지만…… 여튼 그 마법은 최소한 몇 세대를 거쳐서 내려온 것처럼 완성도를 가지고 있소. 그렇기에 일단은 다른 차원에서 온 것으로 추정하고 있소. 사실 그런 전례도 이미 있지 않소?"

모든 마법을 안다는 광오한 말과 함께 전례가 있다는 말을 하며 의장은 자신의 옆자리에 앉은 인물을 바라보았다. 의장 옆의 인물은 의장의 시선을 느끼며 헛웃음을 지었다.

"허허. 우리 일족은 무관합니다. 의장님. 괜한 생사람 잡지 마시죠."

"알고 있습니다. 로드 일족의 마법과는 전혀 다른 종류의 마법체계였습니다. 로드 일족을 의심하는 것은 아니니 걱정마시오."

그때 의장의 말을 끊는 남자가 있었다.

"의장. 그래서 이렇게 회의를 소집한 이유가 뭐요?"

다른 사람들이 의장에게 존대를 하는 것에 비해 이 남자는 평대로서 의장을 불렀다.

"급한 성정은 여전하시오. 그 성정을 가지고 어떻게 그 경지까지 올랐는지 원…… 어차피 지금 말씀드리려 했소이다. 비어버린 쇼군의 자리를 채워야 하지 않겠소?"

의장이 빈자리를 채운다는 말에 다른 쪽에 앉아 있는 남자가 말을 꺼냈다.

"혹시 의장님께서 생각한 인물이 있으신지요?"

"특별히 생각했다기 보다는, 흩어진 헤이안을 다독이려면 일본에서 찾아야 하지 않겠소?

"그래서 누구말입니까?"

"나카타가 어떻소? 어차피 일본에 그 말고는 마스터급에 오른 사람도 없지 않소?"

의장이 나카타라고 말하는 순간 의장에게 평대를 한 남자는 콧방귀를 뀌었고, 의장의 말이 끝나자마자 대거리를 하였다.

"나카타라니, 초월지경에 들지도 못하는 반쪽짜리 화경을 말이오? 그 딴 녀석을 위원회에 넣는다니 나는 반대요!"

나카타라는 말에 어처구니없어 하는 남자를 보며 의장은 되물었다.

"지금 거부권을 행사하는 것이오?"

"그렇소. 자격이 안 되는 자를 영입할 만큼 꼭 자리를 채워야 하는 것도 아니지 않소."

"음…… 알겠소. 상임위원의 거부권이라면 나도 굳이 고집하지 않겠소. 그럼 일단 일본 쪽은 나카타가, 아니 다른 누구라도 자격을 갖출 때까지 잠시 두고 봅시다."

의장이 말을 끝내자 이제껏 조용했던 한사람이 질문을 던졌다.

"일본을 그냥 둬도 괜찮겠습니까? 안 그래도 요즘 유니온의 행태가 심상치 않던데…… 여태껏 일본은 헤이안이 꽉 쥐고 있어서 유니온에서 나서지 못했지 않습니까? 그런데 헤이안을 포기한다면 일본을 유니온에게 넘겨주는 것이나 마찬가지 아니겠습니까?"

"나도 그래서 나카타라도 넣어서 다독이려 했더니, 저렇게 거부권을 행사하니 어쩌겠소."

거부권을 행사했던 남자는 의장의 말이 끝나자 다시 그 질문에 대한 답을 하였다.

"유니온 따위가 잠시 설치는 것이 무슨 상관이오? 정도를 넘는다면 내가 유니온을 징계할테니 걱정마시오."

"그렇게 말씀하신다면야……."

위원회 내에서도 나름 권력의 크기가 다른지 거부권을 행사한 남자의 말에 질문을 한 남자는 금방 수그러들었다.

아까 의장이 생각한 인물을 물은 남자가 다시 한 번 의장에게 질문을 던졌다.

"복수는 생각하지 않으십니까?"

남자의 복수라는 말에 의장 대신 의장에게 평대를 했던 남자가 말을 받았다.

　"복수? 무슨 어처구니없는 소리를 하는 것이요? 복수라니? 능력이 없어 죽은 놈인데."

　"물론 능력이 없다면 그리 되는 것은 당연하겠지만, 흉수가 우리 위원회를 적대하는 놈일 수도 있지 않습니까? 본보기를 보여야 하지 않겠습니까?"

　"그리고 인식장애도 못 풀었는데 어떻게 찾아서 복수한다는 것이오? 아니면 그 한 놈 잡자고 온 세상을 들쑤시자는 말이오?"

　"그래도 우리 위원회의 명성에 누가 되지 않겠습니까?"

　"누는 무슨. 오히려 역량이 안 되는 위원이 있다는 것이 누가 되겠지. 역량이 안 되면 이렇게 알아서 떨어지는 것이 낫지 않겠소? 나는 오히려 나카타인지 하는 반쪽짜리보다는 쇼군을 죽인 퍼니셔가 우리 위원회로 들어오면 좋겠구만."

　분위기가 과열되는 듯하자 의장이 둘 사이의 말을 끊고 나섰다.

　"일단 인식장애 결계를 해제하고 난 뒤에 이야기 합시다. 해제한 뒤에는 퍼니셔의 실력을 볼 수 있을 것이니 그때 그의 의중을 물어보고 우리와 생각을 같이 한다면 위원회에 넣을 수도 있겠지요. 그때도 만일 우리 위원회를 적

대한다면 그 때 척살해도 늦지 않겠죠."

이렇게 좌중을 정리시킨 의장은 회의를 정리하는 말을
꺼냈다.

"그럼 헤이안은 포기하는 것으로 하지요. 당분간 위원
회는 8인 체제로 운영하도록 합시다. 제가 별도로 알려드
리지 않는다면 다음 회의는 정기모임 때 일 것이오. 그럼
들어들 가시오."

들어가라는 의장의 말에 각 자리에 앉아 있던 실루엣들
이 파지직 거리는 소리와 함께 사라졌다. 애초에 본인이
직접 온 것이 아니라 허상이 자리하고 있었던 것이었다.

❖

헤이안이 무너지고, 아니 정확히 말하면 헤이안의 수뇌
부가 일시에 척살당한 이후 일본의 이능세계는 춘추전국
시대라 할 만큼 어지러운 상황이 벌어졌다.

헤이안의 내부 조직부터 외부의 방계 조직까지 헤이안
의 헤게모니를 잡기 위해서 하나같이 정통성을 주장하며
쇼군의 자리에 오르려 하여 하루에도 수차례의 소규모, 대
규모 전투가 벌어졌기 때문이었다.

또한 헤이안의 통제가 무너진 틈을 타서 카오틱에빌들
도 여기저기서 일반인을 대상으로 범죄를 벌이는 등 일본

의 이능세계는 혼란 그 자체였다.

그나마 유니온이 있기에 일반인에 대한 피해는 최소화하고 있었으나, 유니온 일본지부는 일본의 이능세계 규모에 비해서 그 힘은 상대적으로 많이 약했다.

이는 평소 헤이안의 행태 때문이었다. 유난히 단결이 잘되는 일본의 이능 조직들은 헤이안을 구심점으로 하여 일본의 이능세계를 장악하였고, 이능 단체간의 문제가 생기거나 이능력자가 일반인에게 피해를 주는 일이 발생하면 유니온이 나서기도 전에 자신들이 처리해버리는 일이 많았다.

그래서 타국에서는 유니온에서 할 일도 헤이안이 스스로 해결하였기 때문에 유니온 본부에서는 일본지부에 힘을 실어줄 이유가 없었기 때문이었다.

하지만 이렇게 헤이안이 무너지고 구심점을 잃어버리자 일본의 이능세계를 통제할 조직이 사라져 버린 것이다.

다른 나라 같으면 유니온이 이러한 통제를 시행 했을테지만 유니온의 일본지부는 그런 통제를 시행할 만한 역량이 되지 못했다.

결정적으로 헤이안 내, 외부 조직들간의 전투로 다수의 이능력자들이 희생되자 이제는 몇몇 웜홀 포인트를 지키는 일에도 소홀해져 웜홀에서 나온 마물이 일반인에게 피해를 주는 일도 발생하였다.

다행히 적응력이 강한 마물은 없었기에 큰 인명피해를 주지는 못하고 마나 반발로 사라졌지만 언제 적응력이 강한 마물이 나와서 큰 피해를 줄지 몰랐기 때문에 헤이안에 들지 않았던 이능 조직이나, 중립성향의 그레이울프들은 유니온이 적극 개입하기를 바랬다.

처음에는 헤이안에서 내부적으로 정리하거나 그렇지 않다면 위원회에서 나설 것이라 생각했던 유니온의 수뇌부는 일본의 혼란이 지속되며 위원회에서 헤이안을 방치한다는 느낌이 들자 위원회에 공식적인 질의를 하였다.

주요내용은 쇼군의 부재에 대해서 위원회의 공식적인 입장을 밝혀 달라는 것이었다.

앤더슨 총재와 벤자민 부총재는 쇼군이 위원회의 위원이었기에 차기 쇼군 역시 위원회의 위원이 될 것이라 판단했었는데 위원회에서 아무런 움직임이 없었기에 당연한 의문을 가질 수밖에 없었던 상황이었다.

그렇지만 시기의 문제지 위원회에서 일본을 놓지는 않을 것이라고 내부적으로 판단하고 있었다.

안 그래도 요즈음 위원회의 행동은 드러내 놓고 유니온을 견제하고 있었기에, 유니온의 세력을 더 펼칠 수 있는 쪽의 판단을 하지 않을 것이라 생각했다.

하지만 위원회에서 돌아온 답은 당분간 헤이안의 상황에 개입하지 않겠다는 선언이었고 유니온의 수뇌부, 앤더슨 총재와 벤자민 부총재는 다소 당황할 수밖에 없었다.

어찌보면 위원회에서 일본을 포기하였다고 해도 과언이 아닌 상황이었기 때문이었다. 하지만 이런 상황은 유니온에게 기회였다.

유니온의 본부에서는 이런 상황에 대해서 앤더슨 총재와 벤자민 부총재가 대화를 나누고 있었다.

"부총재님, 위원회의 속셈이 무엇인 것 같습니까? 위원회 감사관의 행동이나, 무력단체에서 정예를 빼는 행동들을 보면 요즘 우리의 행보를 좋지 않게 보고 있다고 생각했는데 말입니다."

"저도 조금 의아한 부분은 있지만, 이건 위원회 전원의 생각이라기보다는 일부 위원들간에 의견충돌이 있지 않았나 싶습니다."

"의견 충돌이라면?"

"상임위원 중에서 거부권을 행사한 사람이 있을 수 있겠지요."

거부권이라는 벤자민의 말에 앤더슨은 잠시 팔짱을 끼며 생각을 하다 말을 이었다.

"음…… 거부권이라…… 누굴까요?"

"일단 두 명 정도가 떠오릅니다. 한명은 순리를 따지는 백두 쪽이고, 한명은 원래 쇼군을 아니 일본을 그리 좋아하지 않았던 무림맹 쪽이겠지요. 의장은 위원회의 영향력을 줄이는 것을 달갑지 않게 생각했을 가능성이 높으니 말입니다."

"흐음…… 블러디 로드는 거부권을 행사하지 않았다고 판단하시는 것인가요?"

"로드는 오히려 혼란이 가속되는 것을 우려하는 쪽일 겁니다. 혼란이 가속되다 보면 전처럼 또 변종이나 중독자들이 설칠지도 모른다는 생각을 할테니 말이죠."

벤자민의 말에 동의하며 앤더슨은 그에게 다시 물었다.

"그렇긴 하지요. 그렇다면 부총재님은 백두와 무림맹 중 어느 쪽에서 거부권을 행사했다 보십니까?"

"제 생각엔 무림맹 쪽이 더 가까워 보입니다. 과격한 성격의 무림맹주는 충분히 그런 발언을 할만한 존재지요."

"그럼 백두는?"

"물론 백두 쪽에서 위원회가 헤이안의 일에 끼어드는 것이 그가 생각하는 순리에 맞지 않아서 거부권을 행사 했을 수도 있을 것입니다.

하지만 애초에 백두는 은둔자적 성향이 강하니 위원회에도 안 나왔을 가능성도 높지요. 설령 나왔다 하더라도 별 말을 하지 않았을 가능성이 높아 보입니다."

백두의 은둔자적 성향에 대한 이야기가 나오자 앤더슨 총재는 이해 안간다는 표정을 지으며 벤자민의 말을 받았다.

"언제나 그가 생각하는 순리라는 것은 참 모를 일입니다."

"그렇습니다. 자신의 조국이 일본의 점거를 받을 때도 자신이 나서는 것은 순리에 맞지 않다는 말로 은둔해 있었으니…… 저 역시 그가 생각하는 순리라는 것이 어떤 것인지는 아직도 모르겠습니다."

백두는 백두였고, 이번은 유니온에게는 확실히 기회였다. 앤더슨은 벤자민을 바라보며 강한 어조로 말을 이었다.

"여튼 위원회가 저렇게 나온다면 좋습니다. 이번 기회에 일본지부의 역량을 극대화시켜 일본의 이능세계를 통제해 봅시다.

어차피 지금 헤이안의 역량으로는 고정 웜홀 포인트를 지키기도 버거운 상황일테니 우리가 도움을 준다는 명목으로 하나씩 우리가 관리할 수 있도록 해보지요."

"알겠습니다. 준비된 정예를 투입하지요. 이번에 새로 개발한 R5모델의 마나라이플, G3 마나건과 M4모델 마나슈트를 사용한다면 C급 능력자 일개조로도 B급 웜홀을 지키는 것도 어렵지 않을 것입니다."

정예를 보내서 고정 웜홀 포인트를 지킨다는 벤자민의 말에 앤더슨은 다소 목소리를 낮추고 은밀한 목소리로 말했다.

"웜홀도 중요하지만 다시 헤이안이 일본의 이능계를 장악하지 못하도록 우리 유니온이 자리를 잡을 때까지 이간계 등을 사용해서 이 상황을 길게 끌어가는 것도 중요합니다.

위원회가 무슨 이유로 이렇게 나오는지 모르겠지만 기회를 줄 때는 과감하게 잡아야겠지요."

"네. 이번에는 AA2 팀과 AA3 팀을 같이 투입하도록 하지요. 그리고 공작을 위한 IA1 팀도 보내겠습니다."

"AA1 팀도 급한 임무는 없는 것으로 알고 있습니다만?"

"그래도 만약에 사태에 대비해서 AA1 팀은 본부에 있다가 기동타격대의 성격을 가지는 것이 낫지 않겠습니까?"

"흠…… 그렇게 하지요. 어디서 사건이 터질지도 모르니 말입니다. 그런데 일본에서는 이 혼란을 수습할 만한 역량을 가진 인물은 없는가요?"

앤더슨의 말에 벤자민은 잠시 생각하더니 누군가가 생각났다는 듯 대답을 하였다.

"이 혼란을 수습하려면 최소 마스터급은 되어야 할텐데, 지금 일본에 마스터는 나카타가 유일할 겁니다."

"아. 그렇군요. 몇 년 전에 나카타가 마스터급에 들었다고 했지요. 마스터에 오른 후 헤이안의 쇼군 도전했다가 패해서 다시 수련한다고 하는 것까지는 들었는데 아직도 수련 중인가요?"

"그렇습니다. 북해도에서 수련하는 것으로 알고 있습니다."

"흐음. 그라면 이 혼란을 수습할 수 있겠지요. 아마 위원회에서도 그 밖에 없다는 것을 알았을텐데 일본을 이대로 둔 것을 보면 부총재님 말씀대로 확실히 거부권이 나왔긴 하겠군요."

"아마 그랬을 것입니다."

"흐음…… 만약 그가 나와서 이 혼란을 조기에 수습해 버린다면 우리가 일본을 장악하기 힘들겠군요.

북해도에서 혼자 수련하니 아직 제대로 된 정보를 얻지 못했을테지만 그 역시 일부 추종자가 있었으니 조만간 움직일 수도 있겠지요."

"나카타는 수련에 미친 검귀 같은 자라 이런 정치놀음에 참여하지 않을 가능성이 큽니다."

"하지만 모르지요. 일단 일본의 주요 조직들에게 나카타에 대한 이간계를 사전적으로 작업을 해놓도록 합시다.

어차피 헤이안과는 척을 지고 지냈던 인물이니 일본의 주요 능력자들에게 인정을 받기는 힘들 것이고, 만약 나카타가 그들을 척살하여 일본을 장악하려 한다면 AA1팀을 운용하거나 그것도 힘들면 제가 나서지요."

"총재님! 총재님이 직접 나선다면 위원회에서 가만히 있지 않을 것입니다. 그렇다면."

앤더슨이 직접 나선다는 말에 벤자민은 깜짝 놀라며 외치며 그에게 빠르게 말을 했다. 앤더슨은 그런 벤자민의 말을 에게 손을 들어 막고는 그가 계속 말을 이었다.

"위원회의 경계선을 확인하는 것입니다. 일본을 포기했다면 제가 나카타를 막는다하더라도 나서지 않을테고, 그것이 아니라면 저를 저지할테지요. 어차피 목숨을 붙여놓는다면 위원회에서도 크게 문제 삼지 않을 것입니다."

"하지만……."

"물론 지금 말씀드리는 것은 최후의 방법이지요. 너무 걱정만 하다가는 이도저도 안될 것입니다. 그건 그렇고 AA1 팀의 역량을 어서 빨리 끌어올릴 필요가 있을 것 같아요. 마스터 한 명 정도는 상대할 수 있어야 우리가 승부를 해볼만 할텐데 말이죠."

"지금도 한 명 정도 발은 묶어 둘만 한 것입니다."

"그 정도로는 안 되요. 마스터가 발을 빼고자 한다면 막을 수도 없지 않습니까?"

"그건 그렇지만……."

"우선은 나카타가 안 움직이는 것이 우리에게는 베스트이겠지만 대비를 안 할 수 없겠지요. 일본의 상황이 심각하니 서둘러 주시기 바랍니다."

"네. 총재님."

일본의 상황은 유니온의 정예가 투입되면서 다소 진정

국면에 들어갔고, 수십개로 나눠진 헤이안의 내, 외부 조직 및 산하 조직들이 합종연횡을 하며 크게 4개의 조직으로 갈라졌다.

그리고 헤이안 산하에 있지 않았던 조직들도 하나의 세를 형성하여 지금 일본에는 크게 봐서 5개의 조직이 각축을 벌리고 있었다.

그 중 헤이안 산하의 4개 조직은 지금은 서로를 견제하고 있으나 장기적으로는 통합을 하여 다시 헤이안을 구성하여 쇼군을 뽑으려고 하였다.

하지만 일단 구심점이 될만한 마스터급의 강자가 없었기에 통합은 생각처럼 되지 않았는데 그들 중 누구도 그 이면에 유니온의 이간계가 들어간 것은 알아차리지 못하였다.

2장. 입사

NEO MODERN FANTASY STORY & ADVENTURE

현세귀환록

現世
歸還錄

2장. 입사

　한창 취업시즌이다 보니 친구들은 취업준비에 한창이었다. 우리나라 최고대학이라는 한국대학도 취업한파에서 자유로울 수는 없었다. 물론 상대적으로 다른 대학보다는 더 좋은 곳으로 더 잘 취업할 수는 있겠지만 그래도 모두가 취업을 할 수 있는 것은 아니었다.

　고시를 준비한 친구들은 떨어질 친구는 떨어져서 내년 시험을 대비하고, 붙은 친구는 이미 2차 합격자 발표가 나고 3차 면접만 남은 상황이니 조금 나았다.

　하지만 대기업이나 공기업 입사를 노리는 친구들은 하루하루를 긴장 속에서 보내며 각 회사별, 차수별 합격 여부를 확인하였고, 혹시 새로 채용공고가 뜬 곳이 없는지 각 회사 홈페이지나, 취업 관련 사이트를 연신 확인하고 있었다.

그러나 강서영은 조금 입장이 달랐다. 강민이 오기 전만 하더라도 전공과 무관하게 연봉이 쎈 대기업에 입사를 준비할 계획이었으나, 강민이 복귀하면서 '돈을 벌기위한 일'은 하지 않아도 되는 상황이 되어 버렸다.

강민이 강서영이 들어가고자 하는 그런 대기업을 세워버렸기 때문이었다. 그러다 보니 취업시즌이 되어서도 친구들과는 다소 다른 고민을 하고 있었다.

오늘도 면접에서 떨어지고 온 김세나를 달래주기 위해서 간단히 맥주 한잔을 기울이고 있지만, 그녀 스스로는 한 번도 취업 원서를 쓰지 않았기에 제대로 된 공감은 해주지 못하고 있었다.

"면접관이면 면접관이지, 지가 뭔데 부모님이 이혼했지 마니 하는 소리를 하는거야! 아 짜증나."

"요즘은 압박면접이라더니 그런 것도 물어보는가보네. 근데 그게 업무능력하고 무슨 상관이 있길래 그런 것도 물어보는거야?"

"그러니까 말이야! 생긴 것도 먹다남은 꼴뚜기 같이 생긴게 느물느물 거리면서 물어보는게 짜증나 죽는 줄 알았어!"

김세나는 한참을 더 면접관을 욕하고 있었지만 강서영

은 한 번도 겪어보지 못한 일이라 진심으로 공감하지는 못하고 있었다. 그것을 눈치챈 김세나가 강서영에게 물었다.

"야. 강서영. 너 또 무슨 생각하는거야? 내 말 듣고는 있었어?"

"생각은 무슨 생각. 네 말 듣고 있었지. 헤헤."

"야~! 눈이 딴 곳을 보고 있던데 듣기는 뭘 들어~ 기지배 너 오빠 잘 둬서 이런 고민도 없이 살고 좋겠다 좋겠어~!"

"히히. 좋지~ 나중에 저~엉~ 갈 때 없음 나한테 말해. 오빠한테 채용시켜 달라고 할테니까. 헤헷."

원래는 이런 말이 나오면 무슨 소리냐며 펄쩍 뛰었던 김세나였기에 강서영은 평소와 같이 농담을 던졌는데 이미 몇 차례 면접에서 떨어져 자신감을 잃었던 김세나는 반색하며 말했다.

"진짜? 너 그래 줄 수 있어? KM 이면 10대 기업 안에 들어가는 대기업인데 뽑아만 준다면 감지덕지지~ 감지덕지~"

"야…… 너 예전의 그 패기는 어디갔냐? 예전엔 백산도 우습게 알더니…… 김세나 다 죽었네 다 죽었어."

"그래 이 기지배야, 예전에 김세나 이미 죽었어. 죽고 백골이 진토됐으니 좀 넣어주라."

"그렇게 힘들어 세나야?"

"에휴…… 취업이 뭐 길래 날 이렇게 힘들게 하냐."

강서영의 납치사건 이후로 둘은 더 친해져서 다른 사람들이 들으면 좀 심하다 싶은 농담도 스스럼없이 주고받고는 하였다.

"근데 넌 진짜 어쩔 거야? 오빠 회사로 들어갈 거야?"

"그게…… 아직 잘 모르겠어. 오빠는 뭐든 나 하고 싶은 거 하라는데 내가 아직 뭘 해야할지 잘 모르겠어서……."

"에휴. 부럽다 강서영. 부러워 정말. 근데 농담이 아니구, 나 진짜 너네 오빠 회사에 취직 좀 시켜주면 안돼?

너도 알다시피 우리 과가 취직이 잘되는 과가 아니잖냐. 이대로라면 취업 할 수 있을지조차 모르겠어……."

"그 정도야?"

"그래 기지배야. 넌 원서도 안 넣어 봐서 모르겠지만. 우리 과에서 그나마 취직 되는 애들도 불어는 기본에 영어까지 연수를 갔다와서 네이티브급으로 하니…… 나 같은 순수 국내파는 정말 힘들다 힘들어."

불문과라 불어를 잘 하리라 생각하는 것은 당연한 이야기였다. 하지만 영문과도 아닌데 영어까지 요구하는 것은 과하다는 생각이 드는 강서영이었다.

"야. 우리가 영문과도 아닌데 영어까지 해야하냐?"

"철 모르는 소리하고 있네. 강서영. 야. 우리과 뿐만 아니라 어떤 과든 영어는 기본으로 하고 제2외국어를 본다니까.

독문과 친구도 영어 못한다고 타박만 듣고 면접에서 떨어졌다더라. 우리나라 사람들 참 희안해. 영어권 국가도 아니면서 영어는 기본으로 해야한다고 생각하는 것 보면 말야."

"그렇구나……."

"그렇구나는 무슨 그렇구나. 그니까 이 기지배야 나 좀 부탁해주라. 그래도 네 베프잖아 베프~"

강서영은 김세나의 농담을 가장한 진심을 듣고 진짜 한 번 말해봐야겠다는 생각을 하였다.

"그래 알겠어. 내가 말해 볼게. 근데 어느 부서 쪽을 생각 하는거야?"

"진짜? 말해주는 거야?"

"그래, 말해준다고. 어느 계열사에 어느 부서인지나 말해봐."

"야야. 내가 그런거 가릴 처지가 아니다. 어디든 받아주면 다 갈 거야. 그런 너만 믿고 나 KM에 원서 쓴다?"

"너 내가 안 들어줬으면 원서 안 썼을 거야?"

"그런 건 아니지만……."

"크크큭. 그럴 줄 알았어 김세나!"

"히힝. 너도 내 사정 알잖아~ 좀 봐주라~"

"그래 그래~ 히히."

웃으며 이야기를 하였지만 강서영은 김세나의 이야기를 강민에게 전해줘야겠다고 마음을 먹었다. 그리고 자신도 얼른 자신의 길을 찾아야겠다는 다짐을 하였다.

✧

　집에 들어온 강서영은 강민이 퇴근하기만을 기다렸다가 강민이 유리엘과 함께 집으로 오자, 바로 강민에게 달려갔다.
　"오빠. 잠깐 시간 돼?"
　"무슨 일이야?"
　"내 친구, 세나라고 알지?"
　"알지. 그 때 납치사건 때 전화했던 친구 아냐?"
　"맞아. 그 친구."
　"근데 그 친구가 왜?"
　"아. 다른게 아니구……."
　강서영은 강민에게 김세나의 상황에 대해서 말을 전했다. 강서영의 말을 들은 강민은 흔쾌히 강서영에게 대답했다.
　"뭐, 그 정도야 얼마든지 가능하지. 네 제일 친한 친구인데다가 그 때 널 구하는데도 도움을 줬으니 그 정도야 그 때의 보답 정도로 생각하면 될 것 같네."
　"정말? 오빠 정말이야? 그럼 나 세나한테 합격했다고

말한다?"

기뻐하며 강민에게 말하는 강서영에게 강민은 단호한 어조로 말을 이었다.

"그런데 하나는 알아둬야 할 거야."

"어떤 거?"

"그렇게 낙하산으로 들어오면 분명 텃세는 있을 거라는 것을 말이야."

"텃세라면⋯⋯."

"일반적으로 시기나 질투, 심하면 따돌림까지 있을 수 있다는 것이지."

"설마⋯⋯."

설마라는 강서영의 말에 옆에 있던 유리엘이 끼어들어 타이르듯 그녀에게 말을 했다.

"설마가 아니야. 많은 사람들은 자신들이 노력해서 얻은 결과를, 노력이 아니라 소위 말하는 빽으로 쉽게 성취한 사람들에 대해서 적개심을 갖는단다."

"웅⋯⋯ 언니 그럼 안 되는 거에요?"

강서영의 물음에 유리엘이 아니라 강민이 대답했다.

"아니. 아까도 말했잖아. 보답으로 해준다고. 다만, 세나라는 친구가 그런 텃세를 이겨내고 인정 받으려면 취업하는데 드는 노력 이상으로 열심히 해야한다는 거야. 그렇지 않다면 사람들의 텃세에 스스로 회사를 나갈 수도 있겠지."

"그렇구나……."

"만일 그 친구가 그 텃세를 버티고 사람들에게 능력을 인정받을 각오가 있다면 내게 말해줘. 얼마든지 원하는 자리에 취업시켜 줄테니 말이야."

"알겠어. 세나한테 말해볼게."

"그리고 어디까지나 널 구하는 것을 도와준 대가로 그러는 것이니 고마워 할 것은 없다고 말해주고.

그 댓가는 취업을 도와주는 것으로 끝나는 것이라는 것도 말해줘. 취업한 이후의 일은 스스로 알아서 해야겠지. 버텨서 인정을 받든지, 아니면 그만두든지."

다소 냉정한 강민의 말이었지만 강서영은 이해를 하였다. 자신처럼 가족도 아닌 단지 자신의 친구일 뿐이니 강민이 한도 없이 돌봐줄 수는 없을 것이다.

강서영은 강민의 친절과 호의는 거기서 끝이라는 것을 확실히 이야기 해 주어야겠다고 생각하며 대답을 하였다.

"알겠어, 오빠. 오빠가 했던 말 정확하게 전해줄게. 그래도 하겠다면 좀 부탁해. 히힛."

강서영이 기뻐하는 것을 보고 있던 강민이 강서영에게 물었다.

"그래. 누구 부탁인데 내가 안 들어 주겠어. 그건 그렇고 넌 어떻게 할 거야?"

"나? 내가 왜?"

"왜는 무슨 왜야. 너도 졸업반이고, 내년부터는 학생도 아닐텐데 어떡할 건지 묻는거지. 뭐할지 생각은 좀 해봤어?"

"그……그게…… 사실 나도 세나가 오빠 회사 들어간다면 세나 들어갈 때 같이 들어가려고 했거든. 근데 오빠 말 듣고 보니 좀 아니다 싶어서 말이야."

"텃세 말이야?"

"응. 그렇게 까진 생각해보지 않았는데 오빠말 들으니 좀 그래서…… 그리고 괜히 낙하산으로 들어와서 다른 사람에게 피해를 주는 것도 좀 그렇고……."

"넌 상황이 다르지. 너랑 세나는 상황이 달라. 네가 그렇게 생각할 필요는 없어."

"그치만. 아까 오빠가 텃세 이야기를 하니까……."

강민의 강서영의 말을 끊고 그의 생각을 말했다.

"서영아. 설마 신입사원으로 들어오려 했던 건 아니지?"

"응? 당연히 신입사원으로 들어가야 하는거 아냐?"

"세나가 너랑 상황이 다르다는 이야기는, 세나는 신입사원으로 들어올 것이고, 너는 최소 이사급으로 들어올 것이라는 거지."

재벌의 가족들이 바로 이사급으로 그 회사에 오는 일은 비일비재한 일이었다. 특히 KM 그룹 지주회사 같은 강민이 지분의 100%를 갖고 있는 비상장 회사는 눈치를 볼 주주 또한 없다.

그렇기에 강서영이 회사의 중역으로 들어오는 것에 대한 시기나 질투는 있을지 모르겠지만, 그 시기나 질투는 신입사원이 빽으로 들어오는 것과는 전혀 다른 일이었다.

낙하산으로 들어온 신입사원에게는 텃세를 부릴 수 있지만, 자신의 인사권을 쥐고 있는 상사에게는 텃세는커녕 오히려 잘 보이려 할 수 밖에 없을 것이기 때문이었다.

"이사? 나 회사일에 대해서는 아무것도 모르는데 어떻게 이사를 해?"

"회사일은 천천히 배우면 될거야. 우선 업무는 전담 직원을 붙여 줄게. 네가 할 일은 정책방향을 결정할 일이지. 세부적인 업무를 해야하는 것이 아니니까 말이야."

"그래도…… 정책방향이라 하지만 회사 내용을 알아야 방향을 결정하든가 하지……."

강서영의 말이 더 합리적이었다. 대기업의 이사급 임원은 일반직원들이 보기에는 그냥 놀고 먹는 것 같지만, 많은 경험과 지식을 통하여 회사의 경영 방향을 제시하고 경영 전략을 수립 결정하는 매우 중요한 일을 하는 자리였다.

물론 자리를 유지하기 위해서 사내 막후 정치 싸움까지도 있는 그야말로 직장생활에 닳고 닳은 노련한 인물들이나 하는 자리였다.

이렇게 아무것도 모르는 갓 대학을 졸업한 사회 초년생이 맡을만한 자리는 아니었다. 그래서 강서영은 걱정스러운 말투로 부담스럽다는 의견을 표명하였다.

하지만 강서영은 그녀 자신이 회장 가족의 일원임을 간과하고 있었다. 그렇기에 강서영의 걱정에도 강민은 한 번 더 그녀를 밀어붙였다.

"어차피 네가 회사에 들어오는 시기에 맞춰서 KM 복지 재단 설립을 추진하려고 했으니 재단 이사장을 맡아 봐."

"복지재단? 이사장?"

"그래, 일단 사회 공헌 관련한 사회복지법인, 의료법인, 학교법인 정도를 생각하고 있어. 그것을 총괄하는 재단의 이사장을 맡는 것이지."

"헐…… 오빠는 그렇게 큰 조직의 수장을 이렇게 경험 없는 사회 초년생한테 맡기겠다는 거야?"

"그래. 맡기겠다는 거야. 넌 업무의 디테일은 걱정하지 말고, 네가 평소에 생각했던 어려운 사람을 돕는 일을 좀 큰 규모로 한다고 생각하면 돼."

사실 이렇게 강민이 그녀에게 자리를 주려고 하는 이유는, 어차피 회사를 세운 목적 자체가 가족들을 무시 받지 않는 삶을 살게 하려고 회사를 설립한 것이었기 때문이었다.

물론 강서영이 아예 이런 일에 관심이 없다면 자신이 배경으로 있는 것으로 충분하겠지만, 강서영은 사회 복지 쪽에 관심이 있었다. 그렇기에 강민은 힘을 가지고 그녀의 생각을 추진해 보길 권하는 것이었다.

같은 맥락에서 강민의 어머니 한미애는 이런 일에 전혀 관심이 없고 가족끼리 화목하게만 살았으면 하는 생각이었기에 강민은 굳이 어머니에게까지는 회사 일을 권하지는 않았다.

일반적인 회사라면 계속 기업, 이윤 창출이 회사의 설립 목적이기 때문에 이런 인사는 행하기 힘들 것이었다.

물론 재벌가 회사는 자신의 가족들을 임원으로 등용하는 경우가 많았다. 그렇지만 그들이라 할지라도 최소한의 경력을 쌓게 하여 진급을 시키거나 외국대학의 MBA 등을 취득하게 해서 임원급으로 만드는 경우가 많았다.

그런 재벌들의 행동의 기저에는 주주의 눈치를 보는 행위가 있었지만 강민은 눈치를 볼 주주가 없었다.

우선 KM 그룹 지주의 지분은 강민이 100% 소유하고 있고 이번에 만들 복지재단도 KM 그룹을 통해서 자금을 출연할 계획이었기 때문에 강민 개인의 소유라 할 수 있었다.

또한 강서영이 잘못된 판단을 하여 손실을 보아도 충분히 커버해줄 수 있는 능력이 있었다.

그리고 업무의 디테일한 측면은 강민이 한국에서의 경영에 익숙하지 않아 장태성을 옆에 두고 중용하듯이, 강서영 역시 우수한 인재를 붙여 준다면 그녀의 뜻을 무리 없이 펼칠 수 있을 것이다.

물론 강서영은 수많은 경험을 한 강민과 같은 통찰력과 지식은 없겠지만 어차피 큰 규모로 진행하는 사업은 강민의 결재를 득하여 진행될 것이기에 문제는 없을 것이었다.

"그치만……."

"혼자서 할 건 아니고, 유능한 직원들이 같이 할테니 너무 걱정하지 말어. 아까도 말했듯이 넌 방향만 결정하면 돼. 세부적인 사항은 밑에 직원들이 할 거야."

"그냥 나 신입사원부터 시작하면 안 될까? 좀 부담스럽기도 해서 말야."

강서영의 약한 모습에 옆에서 강민과 강서영의 이야기를 듣던 유리엘이 따뜻한 미소를 지으며 그녀에게 말했다.

"서영아. 만약에 네가 신입사원으로 들어온다면 아마 팀 직원들이 다 너 눈치를 볼 걸?"

"그건…… 비밀로 하면 안될까요. 언니?"

"이미 언론 상에 네 이야기가 많이 나갔으니 비밀로 하긴 힘들거야. 처음에야 비밀로 한다하지만 얼마 지나지 않아서 네가 민의 동생인걸 다 알게 될 걸?

"그럴까요……?"

"그래, 그리고 그렇게 된다면 사람들은 네게 직접 말은 못하겠지만 그들은 자신들을 속였다는 배신감을 느낄 수도 있을거야. 특히 신입사원이라고 약간 함부로 대했던 이들은 네 앞에서 벌벌 떨 걸?"

"그래도 회사일은 아무것도 모르는 제가 이사장이 된다는 것은 좀……."

"정 부담스러우면 좀 더 생각을 해봐. 아님 이사장까지는 아니고 부이사장 정도에서 먼저 시작해 봐도 되고."

"응…… 조금 더 생각해 볼게요. 언니."

❖

강민과 말을 끝내고 방으로 돌아온 강서영은 자신의 일은 조금 있다 천천히 생각하기로 하고, 우선 전화로 김세나에게 강민의 말을 전했다.

처음엔 KM그룹에 넣어준다는 강서영의 말에 뛸 듯이 기뻐하던 김세나는 낙하산에 따른 텃세 이야기를 듣고 다소 침울한 분위기로 그녀의 말을 들었다. 강서영의 말이 타당했기에 김세나는 반박도 하지 못하고 듣고만 있었다.

[그렇지…… 텃세가…… 있겠네…….]

"그래 그러니까 말이야. 오빠도 그 때 신세 진 것도 있으니 니가 한다고 하면 원하는 곳에 바로 넣어준데. 그치만 그 이후의 일은 네가 스스로 버텨야 한다고 하네. 그 이상은 도와줄 수는 없다고 말이야."

강서영의 말을 듣고만 있던 김세나는 한참 고민하다 강서영에게 되려 물어보았다.

[서영아. 넌 내가 어떻게 했으면 좋겠어?]

김세나의 반문에 강서영 또한 잠시 고민하다 생각을 정리하고 김세나에게 말했다.

"음…… 난 네가 한번 해봤으면 좋겠어. 내 생각엔 넌 회사 생활은 잘 할거 같아. 지금도 알바하면 싹싹하고 부지런하고 항상 밝은 표정 때문에 어른이 다 좋아하잖아.

그치만 매번 면접에서 떨어져서 지금은 그걸 보여줄 기회조차 잡고 있지 못하는 거잖아. 여자라는 이유도 있구, 동안으로 어려 보이는 네 얼굴 때문에 괜히 트집잡히구 말야. 게다가 우리과도 그렇게 취업시장에선 좋은 평가를 받지 못하고 있으니……."

[그렇지…….]

"그러니까 일단 회사에 들어와서 한번 부딪혀 보는 게 좋을 것 같아. 만약에 안 된다면 1년 정도 해보고 그만두고 다시 취업할 곳을 구해봐도 괜찮자나."

강서영의 말에 잠시 생각하던 김세나는 마음을 굳힌 듯, 그녀에게 말했다.

[그래, 너 밖에 없다. 강서영. 오빠한테 말해줘 나 잘 버텨 보겠다고 말야.]

"그래 잘 생각했어. 그런데 어느 부서로 간다고 할까?"

[홍보나 마케팅 쪽에 관심이 있는데…….]

"알겠어. 그럼 그렇게 전해줄게."

강서영은 굳이 자신이 복지재단을 이끌게 될 것이라는 이야기는 하지 않았다. 만일 자신이 이사장으로 있는 재단의 신입직원으로 들어오면 자신이 커버는 해줄 수 있을지는 몰라도, 김세나가 더 적응하기 힘들 수 있을 것 같다는 생각을 했기 때문이었다.

또한, 아무리 친구지만 자신은 처음부터 이사장인데, 김세나는 신입사원이라면 위화감도 들 수 있을 것이고 혹시나 멀어질 수도 있을 것 같다는 우려도 하였기에 말하지 않았다.

오히려 다른 계열사에서 암암리에 힘을 써주는 것이 더 좋을 것이라고 강서영은 생각 하였다.

✣

언론에 공개했던 대로 KM 그룹 설립 이후 처음으로 대규모 그룹 공채를 단행하였다. 공채 인원은 1,000명이 약간 넘었는데, 그룹 전체의 규모로 보아선 그리 많은 인원

수는 아니었다.

서류심사에 1, 2차 면접을 거쳐서 최종 선발된 인원은 신입사원 그룹 연수에 들어갔는데 김세나와 강서영은 이 연수에 같이 들어가게 되었다.

강서영은 아직 복지재단이 만들어지지 않았기에 우선 신입사원 연수까지는 신입사원처럼 같이 받고 싶다고 강민에게 말하였고, 강민도 연수를 받는 것은 굳이 반대하지 않았다.

강서영을 근접 경호하던 최강훈은 마나의 흐름이 과거와는 다른 것이 일본에서 어떤 깨달음을 얻은 것이 분명해 보였기에, 강민은 강서영이 연수를 하는 동안 독립된 공간을 마련하여 폐관 수련을 할 수 있도록 배려를 해 주었다.

최강훈은 강서영을 지키는 것이 자신의 임무라며 괜찮다고 말하였지만 어차피 강서영에게는 경호라는 것 자체가 크게 의미가 없는 상황이었고, 강서영 역시 자신이 강민의 동생임을 비밀로 하고 연수에 들어가는 것이기에 경호원이 곁에 있는 것도 맞지 않는 상황이었다.

하지만 최강훈은 자신 역시 신입사원을 가장하여 강서영을 근접경호 하겠다고 고집 아닌 고집을 피웠는데, 그런 최강훈을 강민은 한마디 말로 수련에 몰두하게 하였다.

그 한마디는 단순했다.

"그 정도 실력으로 지금 내 동생을 지키겠다는 말이냐?"

이 말에 입술을 씹은 최강훈은 90도로 고개를 숙이며 폐관에 들겠다는 대답을 하였다. 강민의 능력을 본 최강훈은 그의 말에 아무런 반박을 할 수 없었기 때문이었다.

강서영은 최강훈과 떨어지는 것을 다소 아쉬워 하였지만 그 내색은 하지 않았다. 하지만 내색을 하지 않았다는 것은 그녀 스스로의 생각이었고 강서영의 아쉬워하는 모습은 유리엘의 눈을 피할 수는 없었다.

1,000명에 달하는 인원은 KM 연수원에서 한 달간의 그룹 연수를 거치고, 각 계열사 별로 나눠져서 다시 한 달간의 연수를 받을 계획이었다.

인사팀장과 연수원장은 강서영의 정체와 김세나의 배경을 알고 있었지만, 아직 다른 이들은 그 사실을 몰랐기에 둘은 다른 신입사원과 같은 교육을 받고 있었다.

사실 회장의 동생이라지만 아직 회사에서 아무런 직함도 않은 강서영의 얼굴까지 알고 있는 사람자체가 드물었다.

물론 KM 그룹이 설립될 때 강민의 가족 또한 이슈가 되어서 신문이나 방송에 강서영의 얼굴이 노출은 되었지만, 왠만한 기억력이 아니고서야 잠깐 지나친 그런 휘발성 정보까지 머리에 담고 있는 사람이 드물었다.

그리고 강서영 특유의 붙임성과 강민이 없는 동안 그녀가 어렵게 살아온 것이 어느 정도 행동에서 묻어나와, TV

나 신문에서 강서영의 얼굴을 보았던 신입사원들도 강서영이 재벌이라는 생각을 하지 못했다.

물론 천명이 넘는 사람들 중에선 강서영을 기억하는 사람이 있을 수 있을테지만 아직까지는 강서영이 강민의 동생임을 알아차리는 신입사원은 없었다.

이렇게 강서영과 김세나는 자연스럽게 KM 그룹의 신입사원 속에 녹아들어갔다.

3장. 만남

NEO MODERN FANTASY STORY & ADVENTURE

현세귀환록

現世歸還錄

3장. 만남

오늘도 그룹의 주요 현안들을 보고 받고 있는 강민에게 비서실의 인터폰이 울렸다.

"회장님, 김창민이라는 분이 찾아왔습니다."

"김창민?"

"네, 사전에 약속되지 않은 분이라 나중에 약속을 잡고 다시 오시길 말씀드렸는데, 금제 때문에 왔다고 그 말이라도 전해달라고 워낙 간곡히 부탁을 해서 연락드렸습니다."

비서의 금제라는 말에 강민은 한사람이 바로 떠올랐다.

"금제라. 그 녀석인가 보군."

지금까지 강민이 금제를 건 적은 한번 밖에 없었기에 옆에 앉아 있던 유리엘 역시 바로 누군지 알아차렸다.

"아. 그 때 그 녀석들 말이에요?"

"그래. 근데 여기까지 무슨 일이지? 어차피 전에 그 조 폭들이 내 정체를 알아차린 걸로 봐선 이 녀석도 알고 있 으리라 생각은 했지만."

"뭐, 불러보면 알겠죠."

"그렇겠지. 일단 장실장님 잠시 자리 비켜주시겠습니까?"

어차피 중요한 보고는 다 마친 상황이었기에 장태성 실 장은 인사를 한 뒤 회장실을 나섰다. 누가 왔는지 궁금했 지만 아랫사람으로서 윗사람의 사생활까지 물을 수는 없 은 노릇이었기에 자연스럽게 자리를 비켜주었다.

하지만 나가면서 기다린다는 손님을 얼핏 보니 20대 중 반의 청년이었다.

'무슨 금제 말이지?'

장태성은 궁금했지만 끝내 묻지 않고 조용히 자신의 사 무실로 내려갔다.

장태성이 나가자 강민은 인터폰으로 김창민을 들어오라 하였고, 그는 회장실에 들어오자마자 바닥에 무릎을 꿇으 며 강민과 유리엘에게 외쳤다.

"강민 회장님! 한 번만 기회를 주시면 앞으로 평생 사회 에 봉사하며 살겠습니다!"

김창민은 다짜고짜 한 번의 기회를 부탁하며 강민에게 머리를 숙이며 조아렸다.

강민이 본 김창민은 정말 의외의 모습이었다. 무릎을 꿇고 고개를 숙이는 모습을 보고 말하는 것이 아니었다. 그의 기질 문제였다.

금제를 걸 당시의 김창민은 갖은 악행과 악한 마음으로 마나의 기질이 악인과 진배기에 강민이 그를 금제 하는 데에는 아무런 망설임도 없었다. 살인을 행한 적은 없어서 최후의 선을 넘지는 않았지만 당시의 김창민은 악인임이 분명했다.

하지만 금제를 건지 불과 1년도 채 되지 않아서 김창민의 기질은 완전히 달라졌다. 과거의 악한 기운은 온데간데없고, 지금은 일반 사람들보다도 선량한 마나 기질을 갖고 있는 것이 보였기 때문이었다.

본질적인 악인이었다면 이 짧은 시간동안 자신의 기질이 바뀌진 않았을 것이다. 하지만 김창민은 본질적인 악인이라기보다는 오냐오냐하는 가정교육과 주변에 나쁜 친구들과 어울린 것이 그의 성정을 그리 변화시켰던 것이었다.

그랬기에 강민의 금제를 통해서 처음에는 고통을 겪으며 악한 마음을 다스려갔고 나중에는 자신의 잘못된 과거조차 후회하여 기질의 변화가 일어날 수 있었다.

물론 그렇다고 하더라도 그가 그동안 했던 잘못에 대한 면죄부는 될 수 없을 것이다. 잘못은 어떤 이유를 들어도 잘못이기 때문이었다.

김창민이 개과천선하였다고 해도 그것이 그 전까지 그가 행하였던 쓰레기 같은 행동을 용서해 주어야 하는 이유가 될 수는 없었다.

나무에 못을 박은 후에 그 못을 빼더라도 흔적이 남듯이 김창민의 나쁜 행동들은 많은 피해자를 남겼다.

그렇기에 강민은 냉정하게 김창민에게 말을 했다.

"한 번의 기회라…… 내가 왜 그렇게 해야하지?"

"앞으로 다시는 그런 잘못은 없을 것입니다. 회장님의 선처를 바랍니다."

강민의 질문에 김창민은 재차 고개를 조아리며 강민의 선처를 구했다. 그가 할 수 있는 것은 그것뿐이었기 때문이었다.

"내가 널 어떻게 믿을 수 있을까?"

"나쁜 마음을 먹으면 고통을 주는 금제를 풀어달라는 것은 아닙니다…… 성……성기능을 금제해 놓은 것을 말씀드리는 것입니다."

지금 김창민이 말하는 것은 성기능을 살려달라는 부탁이었다. 어차피 악한 마음을 가질 때 고통을 주는 금고아의 금제는 지금 김창민에게는 없어도 될 정도로 김창민은 기질이 변하였다.

하지만 그 금제와는 별개로 현재 김창민은 성기능이 불구가 되어서 소위 말하는 고자가 된 상태기 때문에 그는 성기능에 대한 금제를 풀어달라는 이야기를 하고 있었다.

강민이 반응하기도 전에 김창민은 계속 말을 이었다.

"단순히 금제를 풀어달라고 말씀드리는 것은 아닙니다. 현호에게 듣기에 완전 불구가 아닌 사랑하는 사람을 만나면 관계를 할 수 있는 제약도 있는 것으로 알고 있습니다. 그 정도로만 금제를 바꾸어 주신다면 이 은혜를 잊지 않겠습니다."

강민이 건 금제인데 그 금제를 바꿔준다고 은혜 운운하는 것은 우습기도 하였지만 김창민에게는 간절한 일이었다.

사실 김창민이 강민을 만나러 오는 것에는 많은 용기가 필요했다. 같이 금제를 당했던 이형태의 아버지 이일광은 강민을 처리한다는 말을 남기고 이형태와 같이 실종된 상태였기 때문에, 그들이 어떤 방식으로든 강민을 건들다가 반대로 자신들이 처리된 것일 가능성이 높았다.

이름 있는 폭력조직 조차 어쩌지 못하고 오히려 역공으로 그들을 처리해버리는 강민에게 금제를 풀어달라고 이렇게까지 오는 것은 김창민에게도 큰 결심이었다.

그럼에도 김창민이 이렇게 두려움을 무릅쓰고 강민에게 사정을 하게 된 이유는 그가 사랑하는 사람을 만났기 때문이었다.

김창민은 금제를 받은 후 초반에는 이형태와 마찬가지로 악한 마음을 다스리지 못해 엄청난 고통을 겪었다.

하지만 점차 악한 마음을 가질 때 고통을 느낀다는 사실과 함께 머릿속에서 들려오는 목소리에 마음을 가다듬어갔다. 그 결과 악한 생각을 가라앉히고 과거의 잘못된 행동들에 대해서 후회를 하는 상태에 이르렀다.

특히, 악한 마음을 다스리는 중 봉사활동을 하고나면 마음이 편해지고 한동안 금제가 발동하지 않자, 그는 정말 열심히 봉사활동을 다녔다.

그러던 중 같은 장애인 복지원에서 봉사를 하는 여학생을 만나게 되었는데, 그 여학생은 김창민의 봉사하는 모습에 호감을 갖고 그를 대하였다.

열심히는 하지만 아무래도 장애인들을 씻기고 먹이는 그런 일들에는 서툰 김창민에게 그 여학생은 친절히 설명하며 도와주었는데, 그런 여학생의 모습에 김창민 또한 호감을 갖게 되었다.

그 여학생, 이현미는 좋은 대학을 나온 것도 아니었고, 그렇게 이쁜 얼굴도 아니었다. 오히려 김창민이 그간 만나왔던 여자들에 비하면 못생긴 얼굴이라 할 수 있었다. 하지만 그런 평범한 얼굴의 이현미가 김창민은 정말 좋았다.

사실 김창민의 외모는 호감가는 첫인상은 아니었다. 작은 키에 다소 못생긴 얼굴이었기에 그의 배경을 알기 전에는 대부분의 여성들은 그를 무시하거나 피하였다.

그렇기 때문에 김창민은 삐뚤어진 여성상을 갖고 명품 옷, 명품 시계 등으로 몸을 치장하여 자신의 재력을 과시하고 허영기가 있는 여자들을 꼬셔 여자친구로 삼거나, 하룻밤을 지내곤 하였다.

그런 허영이 있는 여성들은 김창민의 성품과 외모가 싫지만 그의 재력과 배경을 이용하기 위하여 그렇게 그의 여자친구가 되었던 것이었다.

하지만 이번에 만난 이현미는 전혀 다른 경우였다. 봉사활동을 다니는 김창민의 옷차림은 평범했고, 외모는 여전히 못생긴 수준이었다.

그러나 이현미는 그런 김창민의 외모를 보는 것이 아니라 열심히 봉사활동을 하는 그런 모습을 보고 호감을 주었던 것이었다. 자신의 조건이 아니라 자신 그 자체만을 보고 자신을 좋아해주는 사람을 김창민은 처음 만났던 것이었다.

그래서 김창민은 그녀를 놓치기 싫었다. 서툴지만 처음으로 진심을 다하여 그녀에게 구애를 하였고, 그녀는 그런 김창민을 받아들여 주었다.

여전히 이현미는 김창민이 DK 건설 사장의 아들인지 모르고 있었고, 김창민도 자신의 재력을 보이지 않았다.

그렇지만 이현미는 열심히 봉사를 다니는 김창민을 좋

아했고, 김창민도 아무런 배경도 없는 그 자신을 좋아해주는 그런 그녀에게 점점 더 깊은 감정을 느끼고 있었다.

이런 이현미와 결혼까지 생각한 김창민은 그제서야 자신의 문제가 되는 부분을 인지하고 낙심하였다. 지금 자신은 성불구자로 사랑하는 사람과 관계조차 할 수가 없는 상황이었기 때문이었다.

당장의 성욕 때문에 낙심한 것이 아니라 그녀와 가정을 갖고 아이를 낳는 평범한 미래를 그릴 수 없다는 절망감이 들었던 것이었다. 또한 자신이 성불구라는 것을 알게되면 그녀가 떠나갈까봐 두려운 점도 있었다.

이렇게 낙심하던 김창민은 그나마 학교에서 친했던 최현호와 전화 통화를 하던 중 자신의 문제를 언급했다.

김창민이 허심탄회하게 자신의 문제를 털어놓는 것에 마음이 동한 최현호 역시 자신의 상태를 이야기 하였다.

최현호는 유리엘에게 찝쩍거리다가 사랑하는 사람이 아니면 관계를 할 수 없는 조건부 성불구의 상태였는데, 그것을 해결하기 위해서 처음에는 전문 병원부터 나중에는 이름난 한의원을 다녔는데 그의 상태는 나아지지 않았다.

그러다가 한 한의원에서 기맥이 막혀서 그렇다는 이야기를 듣고 산속에서 수련한다는 도인들에게 거액을 주고 기치료를 받게 되었는데, 지금도 지리산의 한 암자에서 기공술을 배우며 기공치료를 받고 있었다. 하지만 아직 차도는 없는 상황이었다.

최현호의 이야기를 들은 김창민은 그 금제 역시 강민이 걸었다는 것을 알 수 있었다. 사실 최현호의 금제는 유리엘이 걸었지만 항상 강민과 유리엘은 붙어 다녔고 이미 부부인 것이 다 알려졌기에 누가 그 금제를 한 건지는 크게 관계는 없었다. 둘 다 그런 능력이 있었으니 말이다.

최현호의 금제를 들은 김창민은 자신 역시 이일광처럼 쥐도 새도 모르게 사라질 수 있다는 사실에 두려움에 떨면서도 자신과 함께해주는 이현미와의 미래를 위해서 최현호 식의 금제로 바꾸어달라는 부탁을 하러 이 자리에 왔던 것이었다.

김창민의 구구절절한 사연 설명을 통해서 강민은 그의 상황은 알 수 있었다. 확실히 개과천선한 것은 분명해 보였다.

절망에 빠트려 다시 재기할 수 없게 할 것이 아니라면 지금의 기질 변화는 확실히 긍정적인 부분이었다.

오히려 금제를 변경하지 않으면 절망에 몸부림치다 다시 악한 마음을 먹을 가능성마저 있었다. 그렇기에 그를 없애 버릴 것이 아니라면 김창민에게 희망 정도는 줄 필요가 있었다.

하지만 그런 생각에도 강민은 여전히 냉정한 표정으로 김창민을 바라볼 뿐이었다.

강민의 표정에서 희망을 보지 못한 김창민은 마지막으로 묻는다는 심정으로 강민에게 체념하듯 말했다.

"제가 어떻게 해야 제 금제를 바꿀 수 있겠습니까?"

"그래 좋다. 불과 몇 개월 전의 네 모습이라고는 상상할 수 없을 정도로 나아지긴 했군. 네 기질의 변화를 높이 사서 마지막 기회를 주마."

강민이 기회를 언급하자 김창민은 감격하여 두 번 세 번 고개를 숙였다.

"감사합니다. 정말 감사합니다."

"감사는 됐고. 유리 부탁해. 그 방법이면 될 거야."

강민은 이런 일이 처음은 아닌 듯 유리엘에게 자연스럽게 부탁을 했고, 유리엘은 고개를 끄덕인 후에 김창민 앞으로 나섰다.

"민이 말한 마지막 기회를 줄게. 마지막이니 만큼 쉬운 것은 아닐 거야."

"어떤 일이라도 반드시 해내겠습니다."

"그런 마음가짐이라면 혹시 모르지. 방법자체는 간단해. 네가 여태껏 저지른 악행을 기록하여 그 악행에 대한 피해자 하나하나를 찾아가 사죄를 하는 것이야.

물론 네가 사죄한다고 피해자가 그걸 받아들일 가능성은 낮겠지. 그러니까 물질적이든 정신적이든 피해자들이 만족할 만한 보상을 하여 네 사죄를 받아들이게 할 방법을 찾아야 할거야.

피해자가 네 사죄를 받아들인다면 네 잘못을 기록한 곳에 피해자의 용서한다는 글을 받아와."

분명 쉬운 일은 아니었지만 김창민은 굳은 표정으로 고개를 끄덕이며 말했다.

"네, 알겠습니다."

"지금 네 상태라면 과거의 네 잘못이 얼마나 큰지 알 수 있겠지. 네 양심의 소리에 따라 여기에다 과거의 잘못을 기록해봐."

말을 마친 유리엘은 아공간에서 A3 사이즈의 종이와 비슷한 재질의 천을 꺼내어 간단한 마법진을 그렸다. 천에 그려진 마법진은 잠시 밝은 빛을 내더니 종이에 스며들었고, 유리엘은 그 천과 함께 역시 아공간에서 꺼낸 펜에 마법을 부여해 김창민에게 건넸다.

"이 펜으로 이 곳에 잘못을 쓰고 사죄를 한 다음, 피해자에게 이 펜으로 널 용서한다는 글을 받아오렴. 모두 완료하면 네 금제를 사랑하는 사람과는 관계를 할 수 있도록 바꿔줄 테니."

유리엘의 말에 김창민은 입술을 깨물며 마음을 다잡았다.

여전히 무릎을 꿇은 김창민은 유리엘에게 건네받은 천을 대리석 바닥에 올리고 엎드려서 이제까지 저지른 그의 악행을 쓰기 시작하였다. 얼마 지나지 않아 그 천 가득히 그의 악행들이 나열되었다.

가깝게는 성폭행을 하려하였던 써니데이 사건부터 멀게는 학창시절에 왕따를 주도했던 이야기까지 김창민의 악행은 A3 사이즈 한 페이지 가득히 쓰여졌다.

이런 잘못들을 용서 받는 것은 절대 쉽지 않을 것이다. 강민과 유리엘은 과거에도 몇 차례 이런 구제 기회를 준 적이 있었지만 실제로 용서를 받아 구제를 받은 비율은 열에 하나도 드물었다.

10%도 안 되는 성공률이라는 이야기였다. 이 방식의 가장 큰 어려운 점은 대부분의 피해자들에게 용서를 받아도, 단 한명이라도 용서하지 않으면 모든 것이 도루묵이라는 것이었다.

어떤 이는 사회적으로 보아서 큰 잘못도 대범하게 용서해주는 경우가 있는가 하면, 어떤 이는 고작 이 정도 일이라고 생각되는 일도 용서를 하지 않는 경우가 있었다.

하지만 다른 사람도 아닌 가해자가 고작 그 정도 일이라고 말할 수는 없다. 이는 사람에 따라서 상처를 받은 정도가 다르고 그것을 극복하는 정도가 다르기 때문이었다.

가해자가 용서를 받기 위해서 할 수 있는 일은, 자신이 저지른 잘못의 경중을 따지는 일이 아니라 피해자에게 용서를 구하고 잘못을 빌어 진심으로 사죄를 하는 일밖에 없을 것이다.

그리고 악행의 정도에 따라서 절대 용서하지 않으려는 사람도 있을 것이다. 가해자는 몰라도 피해자에게는 뼛 속 깊이 사무치는 원한이 될 수 있기 때문이었다.

하지만 만약 김창민이 그런 사람들에게까지 용서를 받아온다면 그는 과거의 잘못으로 인한 처벌에 대하여 용서를 받을 가치가 있었다.

한참동안 그의 악행을 쓰던 김창민은 A3 용지가 다 메워질 때쯤 되자 한참 동안 생각을 더듬어 갔고 한 두줄을 더 쓴 후 펜을 내렸다.

김창민이 다 썼다는 표정을 짓자 악행을 쓴 천과 펜이 동시에 빛을 발하여 천에서는 은은한 푸른 빛이 돌았다.

"과연 다 썼네. 만약 네가 네 양심의 소리를 어기고 하나라도 빠뜨렸다면 그 천은 빛나지 않았을 것이야. 그리고 많기도 많구나. 각각의 잘못에 대해서 다 용서를 받으려면 오래 걸릴 거야. 하지만 그걸 해낸다면 넌 용서를 받을 자격이 생기겠지.

모두에게 용서를 받고 나면 그 천이 붉은 빛으로 바뀔 거야. 그 때 그 천을 내게 가져오렴."

"네. 알겠습니다."

"그리고 당연히 알겠지만 진심이 담기지 않은 용서는 그 천에 쓰이지 않을 것이야. 그러니 행여 폭력을 통한 강압이나 금전을 통한 매수 같은 건 의미가 없다는 것이지. 물론 금전적인 피해를 입힌 경우에는 금전적인 보상을 해야겠지만, 그것만으로 진심이 담긴 용서를 받을 수는 없을 것이야."

"잘 알겠습니다. 그리고 한 번 더 기회를 주신 점 정말 감사합니다."

강민과 유리엘에게 인사를 한 김창민은 단단히 마음을 먹은 굳은 표정으로 천과 펜을 가슴에 갈무리 하고 일어났다. 그 때 강민이 그에게 한 가지 질문을 던졌다.

"그런데 어떻게 너희들이 내가 한 일인지 알 수 있었지?"

이형태도 그랬고 김창민도 그랬고 이능과는 관련이 없었다. 물론 이일광이 사이토를 불러오긴 하였으나 돈을 통해서 부른 것이었고 사이토 역시 마법과는 무관하였다.

그랬기에 어떻게 인식장애를 풀 수 있었는지 궁금하였다. 물론 지금의 개량된 인식장애와는 달리 과거의 방법은 그리 어렵지 않게 풀 수 있었을 것이지만, 강민은 누가 그 일을 했는지 가벼운 궁금증이 생겨 김창민에게 물었던 것이었다.

"아. 그것은……"

김창민은 강민의 질문에 스티븐 파머를 만난 이야기를 하였다. 김창민의 이야기에 따르면 스티븐은 악행을 저지르면 고통을 주는 금고아의 금제는 해제하지 못했으나, 인식장애는 풀어서 이일광과 김도관에게 이형태와 김창민에게 금제를 건 사람이 강민임을 알려주었다고 하였다.

"여기 그 사람의 전화번호가 있습니다. 스티븐 파머라는 외국인이었는데 20대 후반에서 30대 초반정도 나이대의 인물로 보였습니다."

김창민은 스티븐 파머의 전화번호를 알고 있었고 그 전화번호를 강민에게 알려주었다.

김창민이 허리를 90도 이상으로 숙여 인사를 하고 회장실을 나가고 난 뒤 강민은 나지막이 중얼거렸다.

"악인에게 그냥 정보를 알려 주었다라……."

"그렇지만 김창민의 말을 들어보면 금제를 보고 민의 능력을 감당할 수 없다는 것을 알았으니 선처를 부탁해보라고 말했다 하잖아요. 그런 걸로 봐선 악인은 아닌 것 같아요."

"하지만, 그 녀석들의 성향을 알았을텐데 그냥 그렇게 정보를 넘긴 것을 보면 선인이라 보기도 힘들 것 같아. 그리고 나에게 그 사실을 알려주지도 않았잖아."

"그렇긴 하네요."

"어때? 한번 만나 보는게 말야. 어떤 녀석인지 궁금하기도 하고."

"그래요. 뭐 딱히 바쁜 일도 없으니."

강민의 만나보자는 말에 유리엘도 바로 동의를 하였다. 스티븐이 어디에 있는지 지금은 전혀 알 수 없지만, 둘은 그에 대한 생각은 하지 않는 듯 하였다.

유리엘이 동의하자 강민은 조금 전 김창민이 알려준 전화번호로 스티븐 파머에게 전화를 걸었다. 잠시간의 신호음이 울린 후 한 남자가 전화를 받았다.

[누구십니까?]

"파머 씨인가요?"

[그렇습니다만, 누구시죠?]

"잠시만요."

잠시만이라고 한 강민은 유리엘을 바꿔주었고, 그녀는 전화기를 통해서 사람이 들을 수 없는 마나가 담긴 고주파의 소리를 내었다.

이 방법은 목소리에 이동식 마나좌표를 담아 상대방이 있는 곳의 좌표를 확인하는 방법으로 마나 통신 수단이 발달한 다른 차원에서는 이런 좌표 확인을 막는 통신수단도 개발되어 있었다.

물론 유리엘은 그런 방호벽까지 뚫고 좌표를 넘길 수 있는 방법도 알고 있었으나 이 곳의 마나문명 수준은 거기까지도 필요하지 않는 실정이라 단순 좌표 이전 기술만 하더라도 충분한 효과를 볼 수 있었다.

사람이 들을 수 없는 고주파였으나 스티븐 그것을 들은 것처럼 깜짝 놀라며 수화기에서 귀를 떼었다가 전화기에 대고 말했다.

[이게 무슨 짓입니까?]

강민은 스티븐의 물음에 답하지도 않고 유리엘에게 물었다.

"찾았어?"

"그래요. 그리 멀지 않은 곳인데요?"

유리엘의 대답에 강민은 수화기를 들어서 스티븐에게 말했다. 무슨 짓이냐는 스티븐의 물음에 대한 대답은 아니었다.

"거기서 뵙지요. 그럼."

강민의 말이 끝나자 마자 유리엘은 손가락을 튕겼고 둘의 모습은 회장실에서 사라져 버렸다.

✣

스티븐이 전화를 받고 있는 곳은 그의 은신처였다. 은신처는 서울 외각에 공터에 공장형 창고 형태의 건물을 개조한 곳으로 그가 혼자 사용하기에는 다소 넓은 규모였다.

그 곳에는 방이 따로 마련되어 있지는 않았고, 건물 한 구석에 침대와 싱크대가 있어 숙식을 할 수 있게 만들어져 있었다. 그 외에는 이곳저곳에 스티븐이 연구하던 물품들과 이런 저런 장비들이 여기저기에 자리하고 있었다.

은신처의 침대 위에서 전화를 받고 있던 스티븐은 괴상한 고주파음에 뜬금없는 소리를 하는 이름 모를 사람에게 내심 욕을 하며 전화를 끊으려 하였다.

그 때 갑자기 빛이 번쩍하면서 그의 앞에 갑자기 두 명의 인영이 나타났다.

"헉!"

스티븐은 깜짝 놀라며 전화기를 떨어뜨리며 반사적으로 인영을 공격해 나갔다. 결계까지 쳐져있는 이곳에 무단으로 난입했다면 분명 호의를 갖고 찾아온 사람은 아니라는 판단에서 나온 행동이었다.

펑~!

하지만 스티븐의 공격은 무엇에 가로막힌 듯 인영을 치지 못하였고 스티븐은 뒤로 두 걸음 물러날 수밖에 없었다.

강민과 유리엘은 공격하려는 의사를 보이지 않았지만, 스티븐은 정황으로 보아 이미 둘이 적이라고 확신한 듯 계속해서 공격을 시도하였다.

스티븐은 짧은 시동어를 외치며 에너지탄을 쏘아낸 후, 빠르게 침대 옆 테이블위에 놓여 있는 총기를 잡아갔다.

한국은 총기가 금지되어 있는 나라였지만, 이능의 세계에서 총기는 흔한 물품이었기에 구하는 것은 어렵지 않았다.

사실 무투형 이능력자들은 총화기 등의 열병기보다는, 고전적인 형태의 검이나 도, 둔기 같은 냉병기를 더 선호하였다. 그 이유는 무기에 마나를 담기가 열병기보다 냉병기가 용이했기 때문이었다.

물론 총화기를 전문으로 하는 능력자들은 자신만의 방식으로 탄환 자체에 마나를 담았는데, 보통의 무투형 이능력자들은 검이나 도 같은 냉병기를 사용하는 것이 더 일반적이었다.

하지만 무기에 마나를 담는 능력이 떨어지는 능력자들은 검이나 도 같은 냉병기보다는 총화기를 사용하는 것이 더 강한 무력을 보일 수 있었다.

특히 이능적인 처리를 한 총화기를 잘 만 사용한다면 상위 등급조차 잡을 수 있었기에 그들은 총화기의 사용에 익숙하였다.

즉, 특수한 케이스를 제외하고는 이능세계에서 총화기는 고위 능력자 보다는 하위 능력자들에게서 주로 사용되는 무기였다.

스티븐 역시 총기를 사용하는 것에 익숙한 것으로 보아, 그리 높은 수준의 고위 능력자는 아닌 것임을 알 수 있었다.

스티븐은 테이블을 이용하여 몸을 은폐하고 한 탄창을 다 쏟아부었다. 그리고 중간중간 에너지탄을 비롯하여 윈드커터나 파이어볼트 등의 하급 서클의 공격마법을 사용하였다.

하지만 강민의 호신막은 모든 것을 튕겨내고 있었고, 스티븐은 실드 계통의 마법이 전개되어있어 공격이 통하지 않는다는 생각에, 테이블 뒤에서 이곳을 빠져나갈 기회를 엿보고 있었다.

스티븐의 공격에도 아랑곳 않고 강민과 유리엘은 마치 산책이라도 나온 듯 대화를 주고 받았다.

"조잡스럽지만 결계가 쳐져 있어서 약간의 반발이 있었네요."

"그러게 말이야. 결계의 수준이 높았으면 쉽게 이 안으로 이동하지는 못했겠네."

"그래요. 그런데 지금 이 녀석 인간이 아니군요."

둘의 말에 귀를 기울이던 스티븐은 인간이 아니라는 유리엘의 말에 흠칫 놀랐고, 이어지는 강민의 말에 더 크게 놀랐다.

"여기에도 뱀파이어가 있었군."

"뭐 흔한 종족이잖아요."

뱀파이어는 차원이동을 하면서 자주 보았던 종족 중의 하나였기에 강민과 유리엘은 스티븐이 뱀파이어라는 사실에 그리 놀라지도 않았다.

그러나 스티븐은 자신이 뱀파이어임을 보이는 흔적도 보이지 않았는데 뱀파이어임을 확신하는 둘에게 놀랄 수밖에 없었다.

하지만 놀람은 놀람이고 빠져나갈 기회를 노리고 있던 스티븐은 강민과 유리엘이 대화하는 틈을 그 기회라 보았다. 둘이 대화하는 틈을 노려 스티븐은 이곳을 탈출하려 하였다.

스티븐이 대화조차 시도하지 않고 탈출하려 한 것은 강민과 유리엘이 결계까지 무력화 시키고 갑자기 난입한 것으로 보아 좋은 목적으로 왔다고 생각하기는 어려웠기 때문이었다.

거기다가 한번 보고 자신이 뱀파이어인지 알아차렸다. 반면 자신은 둘의 등장조차 알아차리지 못했고, 지금도 둘의 경지가 짐작도 되지 않았기에 자신보다 훨씬 윗줄에 있는 실력자라고 판단하였다. 도망치는 것이 그에게는 최선의 선택이었다.

스티븐은 재빨리 뒤로 물러나며 자신의 몸을 안개화 시켜갔다. 문을 열 필요도 없이 안개화 상태로 빠져나갈 생각이었다.

안개화 상태에서는 물리적 피해를 입지 않는다는 생각
도 있었다. 물론 안개화를 한다해도 마나가 담긴 공격까지
막을 수는 없었지만 순간적으로 이곳을 피해서 종적을 감
추기에는 안개 상태가 나을 것이라 판단하였다.

"어딜 도망치려고."

그러나 검은 안개로 변하던 몸은 강민의 손짓에 강제로
원래의 몸으로 돌아가버렸다.

"크윽……."

"이리로 오지 그래"

말과 함께 한 번 더 손짓을 하자 스티븐의 몸은 숨어있
던 테이블을 넘어 속절없이 강민에게로 날아갔다.

처음에는 날아가는 반대방향으로 힘을 주며 버티려 하
였지만 그 힘을 이겨낼 수가 없자, 오히려 그 힘에 순응하
여 더 빨리 강민에게 날아왔다.

강민의 지근거리에 다가오자 스티븐은 손목에 찬 팔찌
에 손을 대더니 짧은 시동어를 외웠고 팔찌에서는 강한 빛
이 터져 나오는 듯 했다.

하지만 그 빛은 풍선에서 바람 빠지는 듯한 푸시식 하는
소리와 함께 터지지도 못하고 꺼져버렸다.

"어…… 어떻게……."

스티븐의 물음에 대답한 것은 강민이 아니라 유리엘이
었다.

"민이 마나 유동 억제를 해서 그렇죠. 그건 그렇고 더블 스펠이 담긴 마법기네요. 마나 수준이 낮기는 하지만 말이에요.

담긴 마법은 음…… 버닝 라이트와 에어 봄인가요? 공격마법으로만 넣은 것 보니, 성향이 공격적인가 봐요."

유리엘은 아직 스티븐을 적대할 생각은 없었기에 그의 질문에 친절히 답을 하면서 그를 살폈다.

스티븐은 자신의 마법이 전혀 먹히지 않았으나 포기하지 않고 강민 앞에 주저앉아 호시탐탐 기회를 노리며 둘을 바라보고 있었다.

하지만 둘의 기색을 보아하니 자신을 공격할 생각이 없어 보이자 스티븐은 다시 공격을 할 생각은 포기하였다.

어차피 자신의 공격은 통하지 않았기 때문이었다. 다만, 도망갈 생각은 포기하지 않고 그 기회만 보고 있었다.

그런 스티븐을 보던 유리엘이 말했다.

"음…… 마나 패턴이 브리딘 차원의 뱀파이어와 비슷한데요? 민, 그런 것 같지 않아요?"

"그렇네. 그 쪽에서 넘어온 뱀파이어가 여기에 적응해서 진혈을 뿌린 것 같군. 본질적인 부분이 브리딘 쪽과 거의 비슷하니 말이야."

"브리딘 녀석들이라면 나름 괜찮지 않았어요? 걔네들은 다크마 차원 애들처럼 어둠의 마나를 사용하는 마족 계통의 뱀파이어가 아니라 단순히 혈액에 담긴 생기(生氣)만을 필요로 한 뱀파이어였으니 말이에요."

"그렇지. 그러니 생식 활동을 하는 것에도 제약이 없었지. 마족이 아니라 하나의 이종족과 같았으니."

"일종의 기생종족이긴 했지만 그래도 브리딘의 주요 종족 중의 하나였지요."

강민과 유리엘이 그간 보아온 뱀파이어는 크게 두 종류였다. 한 종류는 다른 인간이나 오크 등과 같은 하나의 인간계의 종족을 이루는 뱀파이어였고, 다른 한 종류는 어둠의 마나를 기반으로 하는 마족의 한 종류인 뱀파이어였다.

두 타입의 뱀파이어 모두 인간계에서 활동을 하였지만 전자의 뱀파이어는 인간계의 구성원으로 생식활동을 하여 후손을 볼 수 있었고, 후자는 인간계의 뒷면에서 단지 흡혈을 통해 일족을 늘여나가는 방법 밖에는 없다는 큰 차이가 있었다.

물론 전자의 뱀파이어도 뱀파이어의 진혈을 주입하여 동족으로 만들 수 있었다.

하지만 진혈을 주입하는 것은 인간이 진원을 넘기는 것과 마찬가지로 자체가 자신의 능력을 떨어뜨리는 행동이기 때문에 자주 발생하는 일은 아니었고, 인간과 마찬가지로 생식활동을 하여 주로 후손을 보았다.

하지만 퍼스트 블러드를 제외한 뱀파이어들은 퍼스트 블러드가 각 종족에 진혈을 주입하여 뱀파이어화 시켜 종족을 이룬 것이었기에, 기생종족이라고 불리는 것이었다.

브리딘의 뱀파이어들은 대표적인 전자 타입의 뱀파이어였고, 그렇기에 브리딘 차원에서 하나의 독립된 종족이 될 수 있었다.

일반적으로는 인간형 뱀파이어가 가장 많았지만 오크나 드워프 등의 아종족 뱀파이어도 드물게 존재하였다. 그런 뱀파이어끼리 관계를 하는 경우에는 하프 오크 뱀파이어나 하프 드워프 뱀파이어가 태어났다.

또한 뱀파이어와 비뱀파이어 간의 생식활동을 통해서 하프 뱀파이어 역시 만들 수 있었는데 하프 뱀파이어는 혈액에 대한 욕구가 적은 만큼 뱀파이어로서 낼 수 있는 힘 또한 약하였다.

그리고 한 세대 더 내려가 쿼터 정도로 뱀파이어의 피가 적어지면 그 때부터는 혈액을 취하지 않아도 생존이 가능하여 뱀파이어라 부르지도 않았다. 물론 반대로 이야기하면 그만큼 뱀파이어로서 낼 수 있는 힘도 거의 없다는 이야기가 되겠지만 말이다.

브리딘의 이야기를 하던 유리엘은 갑자기 무엇인가 생각난 듯 빙그레 미소를 지으며 강민에게 말했다.

"그러고 보니 카리나 녀석이 새삼 생각나네요. 그 녀석 잘 있으려나? 우리가 브리딘 차원을 떠날 때 민 한테서 안 떨어질려고 울고불고 메달리던 기억이 나네요. 우리 가는 곳에 데려가 달라고 고집까지 피웠었잖아요. 호호호."

"흠흠. 갑자기 카리나 이야기는 왜 꺼내고 그래."

그 때 일이 기억난 강민은 괜히 쑥스러운지 헛기침을 하였다.

"브리딘 이야기 하니까 기억이 나서요. 로드라는 녀석이 그렇게 울고불고 했던 것이 생각나니 우습기도 하고. 민의 아이를 갖고 싶다고 유혹하던 모습도 생각나고. 드물게 엘프에서 뱀파이어가 된 녀석이라 미모도 한 미모 했잖아요. 호호."

"그래도 유리한텐 안됐지. 흠흠."

유리엘은 강민의 쑥스러운 모습에 다시금 웃음을 짓더니 말을 이었다.

"생각난 김에 여기 일 다 끝나고 나면 브리딘 한 번 들려봐요. 물론 이미 만년도 넘은 시간이 지났으니 카리나는 아마 마나로 돌아갔을 것 같지만, 차원마다 시간의 흐름이 다르니 혹시 그 녀석이 아직 살아 있을지도 모르잖아요."

"그래 여기 일 다 끝나면 생각해보자. 그래도 큰 기대는 하지 않는 것이 좋을거야. 워낙 오랜 시간이 지났으니 말이야."

"그래요. 그건 어쩔 수 없는 부분이겠죠."

한 번 들렸던 차원에는 마나 각인이 되어 강민이 차원검을 쓸 정도로 회복이 된다면 얼마든지 다시 갈 수 있었다.

게다가 마나 각인이 된 덕분에 마나 충돌 역시 없었기에 아무런 힘의 손실 없이 차원 이동을 할 수 있었다. 그렇기에 말 그대로 가벼운 마음으로 한 번 들렸다가 곧바로 다른 차원으로 이동 할 수도 있었다.

물론 여기서의 일이 끝나지 않은 상태에서는 함부로 차원이동을 할 수는 없었는데, 차원마다 시간의 흐름이 달랐기 때문에 잠시만 왔다가도 여기서는 얼마의 시간이 흘러갈지는 알 수가 없었기 때문이었다.

그래서 유리엘도 여기의 일이 다 끝나고 가보자고 말한 것이었다.

아직도 어떻게 자신의 마법이 봉쇄되었는지 이해하지 못한 스티븐은 둘의 대화에도 계속 마나를 끌어올려 마법을 시도하였으나 시행되지 않았다.

마법뿐만 아니라 안개화 같은 뱀파이어의 고유기술 역시 발현되지 않았기에 스티븐의 당혹감은 더욱 컸다.

스티븐의 당혹감에도 강민과 유리엘의 대화는 끝나지 않았다.

"여기도 브리딘과 유사한 체계일까?"

"완전 똑같지는 않겠지만 그래도 비슷하지 않겠어요?"

"그럼 한 클랜 정도 한 번 잡아서 부려 볼까? 아무래도 손발이 필요한 시점이긴 하잖아."

"하긴 이 차원도 흐름의 변곡점에 들어온 이상 수족으로 부릴 만한 이능집단이 필요하긴 하죠. 웜홀의 폭주가 일어날 시기가 얼마 남지 않은 것 같으니 말이에요."

"그래, 그 때가 되면 수족이 없으면 불편할 것·같아."

"브리딘 쪽 뱀파이어라면 괜찮은 선택인 것 같아요. 계약을 할 수도 있으니 말이죠."

"그렇지. 잘 키워서 저번처럼 뱀파이어 로드까지 되면 상당히 편해질 수 있겠지."

유리엘과의 이야기를 어느 정도 마무리 지은 강민은 아직도 둘을 살피고만 있는 스티븐에게 물었다.

"네 녀석이 있는 클랜의 리더를 만나고 싶은데."

도망갈 생각만 하던 스티븐은 강민의 질문에 대답을 하는 것 대신 반문하였다.

다만, 강민과 유리엘이 보인 신위와 그 기세에 이미 눌린 스티븐은 감히 반말을 하지 못하고 존댓말로 질문을 하였다.

"헌터는 아닌 것 같은데 누구십니까?"

"헌터? 그렇군. 뱀파이어가 있으면 헌터 역시 있겠지. 그래 네가 보는 대로 헌터는 아니지 헌팅을 하려고 하였으면 이미 네 녀석의 목을 베고 진혈을 찾아 담았을테니 말이다.”

목을 베었을 것이라는 강민의 말에 스티븐은 갑자기 목덜미가 서늘하였는지 목을 쓸어 만졌다.

“그럼 누구십니까? 어떻게 이곳까지 찾아오신 것입니까?”

아직도 스티븐은 강민이 아까 전화를 하던 사람인지 모르고 있었다. 몇 마디를 나누지도 않았고, 워낙에 짧은 시간동안만 이야기를 하였기에 목소리를 익히지도 못했기 때문이었다.

게다가 단순히 전화만 가지고 이렇게 순간이동을 할 수 있으리라곤 생각조차 못하고 있었다.

“아까 전화로 여기서 보자고 말한 것 같은데?”

“헉…… 설마…… 어…… 어떻게…….”

스티븐의 상식으로는 불가능한 일이었기에 그는 말도 제대로 마치지 못하고 더듬기만 하였다.

“여튼 마나 성향을 보니 그리 나쁜 녀석은 아닌 것 같은데 왜 그런 거지?”

강민이 본 스티븐의 마나 성향은 나쁘지 않았다. 악인이라고 하기에는 거리가 있는 기질이었다.

“무…… 무엇을 말입니까?”

스티븐의 질문에 강민은 그를 알게 된 계기와 함께 그가 어떤 사람인지 파악해보려고 여기에 왔다는 사실을 밝혔다.

강민의 대답으로 어떻게 강민이 그를 찾아 왔는지 알게 된 스티븐은 강민의 대답에 답을 하였다.

"아…… 금제를 건 것을 보아 죽일 마음까지는 없으셨던 것 같던데. 한 명은 금제에 적응하였으나 나머지 한 명은 잘못하면 죽을 것 같아서. 누가 했는지 알려주어도 문제가 없겠다 싶었습니다."

"그렇지만 기억을 읽었다면 그 녀석이 어떤 잘못을 해서 금제가 걸렸는지도 알았을텐데, 그럼에도 그 금제를 건 사람을 알려주는 것이 옳은 행동인가?"

강민의 말은 타당하였다. 애초에 써니데이를 성폭행하려다가 금제에 걸린 이형태와 김창민이었고, 만약 강민이 등장하지 않았다면 두 여성은 성폭행을 당하고 말았을 것이었다.

그런 그들의 악한 성향을 알았다면 굳이 인식장애까지 펼쳐서 그들을 금제한 강민의 정체를 밝히는 것은 강민에게 피해를 줄 수 있는 행동임을 강민은 지적하는 것이었다.

실제로 이형태의 아버지 이일광은 강민이 아들을 금제했다는 것은 알게 된 이후에 강서영을 납치하는 시도를 하지 않았는가.

분명 스티븐이 인식장애를 해제하고 강민의 정체를 알린 것은 잘못된 일이라 할 수 있었다.

강민의 말에 스티븐도 잘못이라 생각을 했는지 잠시 생각을 가다듬다 말을 이었다.

"……사실 처음 인식장애를 해제한 것은 호기심이 더 컸었습니다. 어떤 사람이 어떤 금제를 걸었는지가 궁금했었습니다. 그리고 인식장애를 푼 이후에 금제를 건 상황을 보고 죽일 의도가 없었음을 알고 알려 준 것이지만, 그들이 악인임을 간과한 제 섣부른 판단이었던 것 같습니다. 죄송합니다."

사실 스티븐이 강민의 정보를 이일광에게 알려줄 때는 큰 고민을 하지 않았다. 그 기저에는 강민 정도의 강자가 이일광 따위에게 곤란을 겪으리라는 생각자체를 하지 않았다는데 있었다.

하지만 스티븐은 몰랐지만 그의 정보 유출 덕분에 강서영이 납치를 당하는 일까지 벌어졌다.

스티븐은 더 이상 변명을 하지 않고 강민에게 솔직히 말하며 고개를 숙였다. 강민은 더 이상 변명하지 않는 스티븐이 마음에 들었다.

"그래 잘못한 것이다. 네가 나에 대한 정보를 알려준 것 때문에 내 동생이 납치도 당했었지."

"헉…… 그런…… 내가 분명 보통 사람이 아니니 복수는 생각지도 말라고 했었는데……."

당시 스티븐은 이능의 세계를 암시하며 복수는 생각지

말라고 하였으나, 이일광에게는 통하지 않았고 결국은 그 스스로를 죽음으로 이끌었다.

"그래. 어쨌든 넌 내게 하나의 빚을 진 것이다. 인정하는가?"

"……네. 인정합니다."

"좋다. 그렇다면 처음 질문으로 돌아가자. 네가 소속된 클랜의 리더를 만나고 싶다. 가능하겠나?"

잠시 강민의 눈치를 보며 대답을 망설이던 스티븐은 강민의 기세가 점점 더 강해지는 것을 느끼고는 침을 꿀꺽 삼켰다.

강민은 스티븐이 대답을 않고 망설이자 한 번 더 압박을 주었다.

"사실 이 자리에서 널 바로 처단하지 않은 것은 네 성향이 악해 보이지 않고, 네 잘못을 순순히 인정하는 태도가 마음에 들어서였다. 그렇지만 네 스스로 빚을 진 것을 인정하면서도 이렇게 대답을 망설이는 것을 보니 내가 잘못 판단 한 것인가?"

강민의 질문에 스티븐은 이를 한 번 악물며 마음을 다지더니 강민에게 반문했다.

"저희 클랜 리더님을 만나시려는 이유가 무엇입니까?"

"그것까지 네게 말을 해야 하는 것인가?"

"제…… 제 잘못은 저 개인이 잘못한 것이지 제 클랜에게까지 피해를 주고 싶지는 않습니다. 만약 저희 클랜 리더님께 죄를 물으시려 한다면 여기서 제 목숨을 받는 것으로 끝내주시기 바랍니다."

스티븐은 강민과 유리엘의 실력을 가늠조차 못하고 있었기에, 자신의 클랜 리더 역시 둘을 상대하긴 힘들 것이라 판단했다.

그렇기 때문에 만일 강민이 악한 마음을 먹고 클랜 리더를 만나려한다면 자신의 목숨을 잃더라도 막을 생각을 하였다.

스티븐은 이렇게 강민의 의도를 오해하고 있었지만, 강민은 목숨까지 준다는 생각으로 클랜과 클랜 리더를 보호하려는 스티븐이 더욱 마음에 들었다.

"음. 지금 내가 너희 클랜 리더를 만나려는 것은 이번에 네가 잘못한 것과는 관계가 없다. 오히려 그에게 도움이 되는 제안을 하려는 것이지. 좋다. 네가 그것이 우려가 된다면 이번에 네 클랜 리더를 만나더라도 그를 해치지 않는다고 약속하지."

강민의 약속에 스티븐은 고개를 끄덕이며 말했다.

"그렇게 말씀해 주시니, 제가 리더님께 연락을 드리겠습니다. 기다려 주시겠습니까?"

강민이 고개를 끄덕이자 스티븐은 휴대전화를 꺼내어 전화를 걸었다.

[스티븐? 이 시간에 어쩐 일이야? 무슨 건수라도 생긴거 야?]

"말론도님? 실비아님은 어쩌고 말론도님이 이 전화를……."

[실비아님은 지금 주무시지.]

아직 낮 시간이었지만 밤이 익숙한 뱀파이어에게는 낮에 잠을 자는 것이 오히려 당연한 일이었기에 스티븐은 별다른 말을 하지 않고 계속해서 말을 이었다.

"실비아님을 바꿔 줄 수 있습니까?"

[무슨 일인데 그래?]

"중요한 분이 실비아님을 만나길 원하고 있습니다."

[중요한 분? 누군데?]

"KM 그룹의 강민 회장입니다. 최소한 뱀파이어 듀크급 이상의 강자인 것 같은데 우리 클랜에 도움이 될 만한 제안을 하신다는군요."

스티븐은 강민의 정체를 알고 있었다. 과거 인식장애를 해제한 다음에 이일광이 강민이 KM 그룹의 회장임을 알려주었기 때문이었다.

[듀크급? 확실한가? 위험한 상황은 아닌가?]

"위험한 상황을 없을 것이라는 약속이 있었습니다."

[그래? 그래도 혹시 모르니 실비아님을 바로 모시는 것보다는 내가 먼저 만나서 판단해보지.]

"클랜 리더를 만나 뵙고 싶다 하시는데⋯⋯."

[어떤 상황인지 확인해 봐야지.]

"네 알겠습니다."

전화 통화를 마무리 지으려고 하는 찰나 전화기 너머로 실비아로 추정되는 여자의 목소리가 들렸고 말론도는 스티브와 전화를 끊지 않고 그녀와 이야기를 하였다.

[아. 스티븐입니다. KM의 강민 회장이라는 군요. 네. 그래도 위험할 수 있으니 제가 먼저 만나보는 것이. 아. 네. 알겠습니다.]

말론도는 전화를 들고 실비아와 이야기를 하였기에 말론도의 목소리는 전화 너머로 다 들렸다.

"무슨 일이십니까?"

[실비아님께서 직접 가신다는군.]

"아. 그러시군요. 알겠습니다. 기다리겠습니다."

말론도와 대화를 한 실비아가 직접 이 곳으로 오기로 결정한 것 같았다.

전화를 끊은 스티븐은 강민을 돌아보며 말했다.

"지금 리더님이 오신다 하시는 군요. 아마 30분 정도면 도착하실 겁니다."

강민과 유리엘은 스티븐이 있는 곳에 온 것처럼 전화기

를 통해 좌표를 넘긴 후 그리로 갈 수 있었으나 굳이 그러
지는 않았다.

어차피 이리로 오기로 한 사람들에게 경계심을 심어줄
필요도 없었기 때문이었다.

4장. 수하

NEO MODERN FANTASY STORY & ADVENTURE

현세귀환록

4장. 수하

전화를 끊은 스티븐은 잠시 여유가 생겨 주위를 둘러보 았는데, 은신처로 마련해 놓은 곳은 전투에 대한 여파로 이미 난장판이 되어 있는 상황이었다.

사실 은신처에 대한 직접적인 타격은 없었다. 하지만 강 민의 호신막에 튕겨나간 자신의 마법과 탄환들로 인하 여 벽의 군데군데가 그을리고 구멍이나 전투를 치르고 난 것과 다름없는 상황이 되어 있었다.

벽에 걸려있던 여러 장비들은 떨어져서 널부러져 있었 고, 실험을 하던 물품들도 바닥을 나뒹굴고 있었다.

주위의 모습을 본 스티븐은 가볍게 한숨을 쉬었다가 스 스로가 웃겼던지 허탈한 미소를 지었다.

목숨을 잃을 수도 있는 상황이 지나가자 은신처가 어지럽혀지고 물품들이 나뒹군 것을 걱정하는 자신이 우스워 보였기 때문이었다.

그런 스티브를 보던 강민이 그에게 질문을 던졌다.

"딱 봐도 한국출신은 아닌데 어떻게 한국에서 자리 잡게 된 것이지?"

"클랜 리더님이 한국 출신입니다. 독립하면서 같이 오게 되었지요."

"그래? 아까 실비아라고 하지 않았던가?"

분명 아까 전화 통화에서는 클랜 리더를 이야기 할 때 실비아라는 이름이 나왔기에 강민이 다시 물었다. 실비아는 분명 외국 이름인데 한국 출신이라 하기에 묻는 말이었다.

강민의 물음에 스티븐은 망설임 없이 대답을 하였다.

"그건 실비아님이 어릴 적에 해외로 입양이 되어서 그렇습니다."

스티븐은 강민의 질문에 크게 감추는 것 없이 대답을 하였다. 사실 비밀로 할 것도 아니었기에 굳이 숨기려 하지 않았다. 그런 스티븐에게 강민은 다른 질문을 하였다.

"독립이라면 원래 속해 있던 집단이 있었다는 것인데. 어디지?"

"루시페르입니다. 아시는지 모르겠지만 현재 뱀파이어

세계를 장악한 곳이 루시페르입니다. 그러니까 루시페르의 로드가 지금 뱀파이어 세계의 로드이지요. 루시페르는 유니온에도 가입해 있는 단체입니다."

루시페르가 유니온에 들었다는 스티븐의 이야기에 유리엘이 말을 받았다.

"호오. 뱀파이어 집단이 유니온에도 들어갔다니, 여기 능력자들도 상당히 전향적이네요."

"글쎄, 처음부터 받아들이진 않았을 거야. 분명 투쟁의 역사가 있었겠지."

투쟁이 있었을 것이라는 강민의 말에 스티븐이 이어 이야기 하였다.

"그렇습니다. 제가 태어나기도 전의 이야기이지만 과거 대항쟁이 있었다 하더군요. 몇 백년의 항쟁 끝에 지금 로드이신 로드 블라디미르께서 올림포스와 템플 나이트 등과 단판을 지은 다음 우리의 존재를 인정받았다고 알고 있습니다."

"역시 그렇군요."

"그렇지. 흡혈이라는 것은 인간세계에서 금기시 되는 행위이니 말이야. 힘 겨루기가 있었을 것이고 뱀파이어 쪽에서 그 힘을 보였겠지.

하지만 인간들도 뱀파이어 헌터가 존재하듯이 뱀파이어 들도 의견의 일치를 보긴 힘들었을 텐데, 그렇지 않나?"

강민의 말에 씁쓸한 표정으로 스티븐은 말했다.

"맞습니다. 인간과 공존한다는 루시페르의 이상과는 다른 생각을 가진 뱀파이어들도 있었지요.

아니 지금도 있습니다. 벨리알이 그 중심에 있는 조직이지요. 인간들이 말하는 카오틱에빌 중에서도 가장 큰 조직 중의 하나입니다."

스티븐의 말에 따르면 루시페르에 있는 뱀파이어들은 인간과 공존한다는 대의에 동의를 하고 무분별하게 흡혈을 하지 않는다고 하였다.

이를 위해 루시페르에서는 많은 대형 병원 체인과 혈액원을 소유하여, 휘하 뱀파이어들에게 주기적으로 혈액팩을 제공해주고 있었다.

만약 뱀파이어가 진혈을 옮기지 않고 단순히 피를 위해서 송곳니를 꽂아 넣어 흡혈을 하는 경우, 송곳니에 있는 일종의 바이러스가 피흡혈자의 몸에 파고들어 그것을 이겨낼 힘이 없는 마나능력이 없는 일반 사람들은 시름시름 앓다가 목숨까지 잃을 수 있었다.

그렇기에 일반인이 이능의 세계와 엮이는 것을 막으려는 유니온은 루시페르와 협력하여 뱀파이어들에게 혈액을 제공하는 것에 적극적으로 협조하였다.

이 부분도 마족 계통의 뱀파이어와 차이가 있었는데 마족 계통의 뱀파이어가 같은 행동을 하였다면, 흡혈의 대상자는 더 빠른 시간 내에 목숨을 잃을 것이다.

그리고 목숨을 잃은 이후에는 흡혈한 뱀파이어의 능력에 따라 차이는 있겠지만 대부분 언데드 몬스터가 되어 인간세계에 추가적인 피해를 주었을 것이다.

사실 브리딘 계통의 뱀파이어라면 생존을 위해서 정기적인 흡혈을 해야 하였지만 그것이 꼭 인간의 피일 필요는 없었다.

동물의 피로도 생존은 할 수 있었다. 다만 그 맛과 영양이 극히 떨어진다는 단점이 있었기에 인간의 피를 선호 할 뿐이었다.

사람으로 치자면 맛없는 에너지바 같은 식량만으로도 먹고 살수는 있지만, 제대로 된 음식을 먹고 싶어하는 욕구가 있는 것과 마찬가지의 상황이었다.

그렇기에 모두가 이런 루시페르의 정책에 동의를 하는 것은 아니었다. 신선한 인간의 피는 뱀파이어에게는 맛있는 만찬이나 다름없는 것이기 때문에 그것을 막는 루시페르의 방침은 인간의 피를 즐기는 일부 뱀파이어들에게는 받아들이기 힘든 정책이었다.

이런 이유로 인간과 공존한다는 루시페르에 속한 뱀파이어들도 가끔은 몰래몰래 인간을 납치하여 흡혈을 하는 경우도 있었지만 정도를 넘지 않는 이상 눈감아 주는 경우가 많았다.

그러나 루시페르의 대척점에 서있는 벨리알의 뱀파이어들은 가끔 하는 수준이 아니었다. 벨리알은 인간의 신선한 피를 추구하는 집단이었다.

특히, 벨리알의 일부 뱀파이어들은 인간이 마약에 중독되듯, 깨끗한 처녀나 아이의 피에 중독되어 무차별적인 흡혈을 벌이는 경우도 있었는데 이런 뱀파이어는 중독자라고 불리며 유니온의 최우선적인 척결대상에 올라가기도 하였다.

이렇듯 일반인의 피가 맛있는 음식이라 한다면, 마나 능력자의 피는 뱀파이어의 진혈을 강화시켜 능력을 발전시킬 수도 있는 영약과도 같은 것이었다.

그래서 뱀파이어 헌터들이 뱀파이어를 사냥하듯 벨리알의 뱀파이어들은 마나능력자를 사냥하여 능력을 키우기도 하였다.

루시페르의 뱀파이어 역시 이런 사실을 잘 알고 있기에 일반인이 아니라 마나 능력자의 피를 취하는 것에 대해서는 막지 않았다. 강해질 수 있는 방법을 막는다면 반발이 심할 것이기 때문이었다. 물론 능력이 없다시피한 F급의 능력자는 예외의 대상이긴 하였다.

이처럼 루시페르와 벨리알은 비슷하면서도 다른 점이 많았고, 서로가 서로를 경멸하고 기피하는 경향이 강했다.

루시페르의 뱀파이어는 벨리알의 뱀파이어를 보고 본능

에만 충실한 짐승이라고 불렀고, 벨리알은 루시페르를 보고 로드의 말이라면 음식조차 먹을 수도 없는 노예라고 불렀다.

하지만 이 두 집단이 공동으로 대응하는 때가 있었다. 변종 뱀파이어를 만났을 때였다. 변종은 뱀파이어를 흡혈하는 뱀파이어였다.

강함을 추구하는 뱀파이어는 진혈을 강화하는 것에 목숨을 건다. 뱀파이어에게 진혈은 인간에게 진원이나 마찬가지이기 때문이었다.

반면 변종 뱀파이어는 진혈의 질이 아니라 양에 초점을 두고 다른 뱀파이어의 진혈을 흡혈하여 강해지려 하는 종류의 뱀파이어였다.

이곳의 뱀파이어는 영화나 드라마에서처럼 십자가를 무서워 한다거나 마늘을 싫어한다던가 햇빛을 보면 재로 변한다던가 하는 일은 없었다.

다만 햇빛 아래에서는 진혈이 활동이 억제되어 본신의 능력이 다소 제한되고 어둠 아래에서는 진혈이 활성화 되어 능력을 발휘하는 것이 좀 더 용이한 정도의 차이는 있었다.

뱀파이어의 피를 흡혈한 변종은 이것이 극대화 되어 있었다. 뱀파이어를 흡혈 할수록 체내의 피 속에 진혈이 점점 더 많은 양을 차지하여, 나중에는 햇빛 아래에서는 움직이기조차 힘들었고, 반면 어둠 속에서는 본신의 몇 배의 힘을 발휘하여 번개처럼 빠르게 움직일 수 있었다.

이런 이유로 변종 뱀파이어는 항상 밤에만 움직이며 동족을 노렸다. 그렇기 때문에 변종을 만났을 때에는 루시페르 소속이던 벨리알 소속이던 관계없이 변종을 최우선적으로 처리하였다.

또한, 변종 뱀파이어는 중독자들과 마찬가지로 유니온에게도 최우선적인 처리대상이었다. 그것은 무분별하게 동족의 진혈을 흡수하여 진혈이 탁한 변종 뱀파이어는 그것의 자체적인 정화과정에서 인간들에게 진혈을 뿌려 일반인들도 무차별적으로 뱀파이어로 만드는 경우가 많았기 때문이었다.

뱀파이어 세계에 대한 대강의 설명을 마친 스티븐에게 강민은 하나의 질문을 더 던졌다.

"그런데 왜 루시페르에서 나오게 된 것이지?"

"그…… 그건…… 제가 답하기가 힘들 것 같습니다. 나중에 실비아님께 직접 물어봐주시면 안되겠습니까?"

그의 클랜이 루시페르에서 나온 특별한 이유가 있었는지 여태껏 술술 대답하던 스티븐은 대답을 망설였다.

강민은 스티븐의 망설임을 이해했다. 리더도 아닌 수하된 입장에서 자신들의 모든 상황을 말할 수는 없을 것이다. 지금까지 이야기 한 내용은 뱀파이어 사회의 일반적인 이야기였다면 방금의 질문은 클랜의 개인적인 이야기였기 때문이었다.

클랜의 은원을 알 수 있는 민감한 문제니 스티븐의 말처럼 리더에게 물어보는 것이 맞았다.

"그래 알겠다. 그 이야기는 저기 네 리더가 들어오면 물어보면 되겠군."

강민이 말을 마치자 스티븐이 외부로 귀를 기울였고 저 멀리서 바이크 한 대와 자동차 한대의 소리가 점점 가까워지는 것이 들려왔다.

이내 바이크와 자동차의 소리는 멈췄고 얼마 지나지 않아 은신처의 정문이 열리더니, 딱 붙는 검은 라이더복장에 검은 헬멧을 쓴 여성과 정장을 입은 은발의 50대의 백인 남성이 스티븐의 은신처로 들어왔다.

50대 남성은 따로 얼굴을 가리지 않아 그 나이대의 중년임이 보였는데 라이더 복장의 여성은 아직 헬멧을 벗지 않아서 연령대가 짐작이 되지 않았다.

다만 육감적인 몸매를 드러내는 딱 붙는 라이더복이 그리 많은 나이는 아닐 것이라는 추측은 가능하게 하였다.

은신처 안으로 들어온 여성은 헬멧을 벗어 옆구리에 끼었는데 헬멧을 벗자 숏커트를 한 검은 머리가 찰랑거리며 드러났다

몸매와는 달리 얼굴은 많이 보아도 20대 초반, 그냥 봐서는 10대 후반 정도로 약간 앳되어 보이는 얼굴의 여성은 나이대에 맞지 않게 섹시한 눈빛이 도드라져 보이는 육감적인 표정을 가지고 있었다.

딱 보이는 이미지로는 폭주족 여고생의 느낌이었다. 하지만 눈빛 속에는 뱀파이어의 흉폭한 기운이 서려 있는 것이 확실히 일반인과는 달라보였다.

부모의 배에서 뱀파이어로 태어난 태생적 뱀파이어였다면 인간과 비슷한 성장 속도를 보이다 개체별로 차이는 있지만 20대 후반 즈음 신체의 기능이 절정에 오르면 노화가 급속히 느려진다.

그 이후 수명은 베이스가 되는 종족에 따라 다소 다른데 인간이라면 일반적으로 5백년 정도의 수명은 가지고 있었다. 물론 능력이 뛰어나다면 수명 또한 길었다.

하지만 진혈이 주입되어 뱀파이어가 된 시드 뱀파이어의 경우는 진혈이 주입된 시기부터 노화가 급속히 느려져서 태생적 뱀파이어와 비슷한 수명을 가지게 된다.

즉, 지금 10대 후반 정도로 보이는 실비아는 태생적 뱀파이어가 아닌 시드 뱀파이어일 확률이 높았다. 태생적 뱀파이어였다면 20대 후반에서 30대 초반의 외모를 가졌을 것이기 때문이었다.

반면 50대로 보이는 말론도는 50대에 진혈을 받아 시드 뱀파이어가 된 것이 아니라면 최소 400살 이상의 나이가 들은 엘더 뱀파이어일 가능성이 높았다. 그것은 인간을 베이스로 한 뱀파이어의 노화는 400살이 지나면서부터 발생하기 때문이었다.

헬멧을 옆구리에 낀 실비아는 또각거리는 발자국 소리를 내며 강민의 10미터 정도 앞까지 다가와 반말을 하며 강민에게 다그치듯 말했다.

"네가 날 보자고 했나? 무슨 제안이지? 말해봐."

10대 후반으로 보였지만 아마 실제 나이는 그보다 훨씬 많았을 것이기에 그녀에게 반말은 자연스러운 행동이었다. 클랜의 리더로서 반말이 익숙해져있기도 했을 것이었다.

하지만 강민은 그 몇 백배가 넘는 시간을 살아온 사람이었다. 지금껏 나이를 내세우려 한 적은 없었지만 안하무인으로 나오는 상대에겐 굳이 존중해 줄 필요는 없었다.

또한 스티븐이 공작급 뱀파이어의 힘을 가지고 있다고 사전에 경고를 했는데 그것을 잊었는지 아님 강민을 떠보는 건지 이런 반말을 하며 허세를 부리는 그녀를 곱게 보아줄 강민이 아니었다.

"그래. 내가 보자고 했다. 스티븐을 보고 너희 클랜을 좋게 봤는데, 네 행태를 보니 내가 잘못 생각 한 것 같군."

"뭐? 무슨 소리야?"

"상대가 어떤 사람인지도 알아보지 못하고 안하무인으로 구는 네 녀석에게 실망했다는 이야기다. 아니면 어린 외모를 하고 있어서 그런지 생각도 어린 것인 건지."

"뭐라고!"

실비아는 강민의 말에 화가 났는지 순간적으로 기파를 쏘아냈지만 그녀의 기파는 바닷물에 들어간 조약돌처럼 어디로 갔는지도 모른 채 사라져 버렸다.

자신의 기파가 사라졌음에 당황하던 실비아는 잠시 정신을 가다듬고 다시금 마나를 끌어올렸다. 조금 전 급하게 기파만 쏘아보낸 것과는 다르게 신중한 모습이었다.

찬찬히 마나를 끌어올려 다시금 상황을 본 실비아는 경악을 하고 말았다. 스티븐의 은신처 전체를 덮는 넓은 공간이 자연의 마나가 아닌 이질적인 마나에 장악 당해있는 것을 알 수 있었기 때문이었다.

"헉…… 어떻게 이런 일이……."

"이런 마나장악조차 집중을 해야 감지할 수 있다면, 내가 널 너무 과대평가했나보군. 한 클랜의 리더라 해서 기대를 했건만."

강민의 냉정한 말에 실비아는 아무런 말도 하지 못했다. 실비아는 스티븐이 공작급 뱀파이어 이상의 힘을 갖고 있다는 것을 스티븐의 과장으로 생각했었다.

사실 아직 작위급의 로얄 뱀파이어에도 오르지 못한 스티븐이 제대로 상대를 평가했으리라곤 생각하지도 않았다. 실제로 자신이 와서 보니 자연체의 상태인 강민에게 아무런 기세를 느끼지 못하였기에 강민이 공작급 뱀파이어라고 생각하지 않았다.

또한 강민이 제안을 한다고 했으니 자신에게 아쉬운 소리를 할 것이라 판단했다. 즉, 자신이 주도권을 갖고 있다고 생각했다.

이런 여러 이유들로 안하무인의 모습을 보이며 강민을 실력을 떠보고자 했는데, 강민은 그녀가 떠볼만한 수준의 강자가 아니였다.

"무…… 무슨 일로 저를 부른 것이죠?"

실비아는 어느새 강민에게 존댓말을 하고 있었지만 그녀 스스로는 인식하지 못하고 있었다.

"네게 하나의 제안을 하려고 했는데 지금 널 보니 망설여지는군."

실비아는 강민에 대한 판단을 잘못하기는 하였으나 그녀의 마나 기질은 악인의 성향은 아니었다. 물론 이후에 강민의 생각대로 된다면 어느 정도의 교육은 필요할 것이지만 말이다.

강민의 실력을 본 그녀는 감히 대거리도 하지 못하고 얌전히 강민에게 되물었다.

"······어떤 제안이죠?

"피의 각성을 대가로 피의 계약을 하려는 것이었다."

"피의 각성!"

외마디 외침은 실비아가 아닌 그 옆의 50대 중년인 말론도에게서 나왔다. 실비아는 강민이 말한 피의 각성과 피의 계약이 무엇인지 잘 모르는 듯하였다.

오히려 놀라는 말론도에게 실비아가 되물었다.

"말론도, 피의 각성이 뭐야?"

놀란 얼굴의 말론도는 실비아의 질문에 대답하는 것 대신, 강민에게 질문을 하였다.

"어······ 어떻게 피의 각성과 피의 계약을 알고 있습니까? 피의 계약은 그렇다 치더라도 피의 각성은 우리 일족에서도 엘더 뱀파이어가 아니면 모르는 것인데······."

"여기서는 이미 사장되었던가? 하긴 그걸 행할만한 존재가 드물었을 테니······."

강민이 말하는 피의 각성과 피의 계약은 브리딘 차원에서는 자주는 아니지만 종종 행하여지던 방법이었다.

우선 피의 각성은 대상이 되는 뱀파이어의 진혈을 일깨우는 방법으로, 사람으로 치자면 전신의 혈도를 뚫어내는 개정대법에 비견할 만한 대단한 대법이었다.

피의 각성을 통하여 진혈이 깨어난 뱀파이어는 능력이 급상승하게 되는데 잠재력에 따라 능력의 등급까지 몇 등급 이상 급상승하는 경우도 있었다.

하지만 이 피의 각성이 사장되다시피 하여 알려지지 않은 이유는 시술자의 희생이 너무도 컸기 때문이었다.

피의 각성을 시행할 수 있는 최소한의 요건은 백작급 정도의 뱀파이어였지만 백작급 뱀파이어 시행한 피의 각성은 대가에 비해서 얻는 것이 너무 적었다.

백작급의 마나로는 진혈을 다 깨우지도 못하고 자신의 모든 진원이 고갈되어 얼마 남지 못하고 생을 마감하는 경우가 많았다.

최소한 공작급의 뱀파이어는 되어야 피의 각성을 시행할 만 하였는데, 그 역시 피의 각성을 시도하고 나면 능력에 따라 최소 몇 년은 자신의 진원을 회복하는데 전력을 기울여야 할 정도로 무리가 되는 일이었다.

그렇기에 피의 각성이라는 방법이 있다는 것은 알고 있지만 나이가 많은 엘더 뱀파이어 정도만 알고 있었고, 젊은 뱀파이어에게는 잘 알려지지 않았던 것이었다.

자신의 질문에 대답해주지 않는 말론도에게 실비아는 옆구리를 찔러 다시 물었고, 말론도는 실비아에게 피의 각성에 대해서 간략히 설명해 주었다.

그렇게 말론도의 대답을 들은 실비아는 그에게 다시 한 가지를 물었다.

"피의 계약은 우리가 생각하는 그것을 말하는 것이 맞

겠지?"

"아마 그럴 것입니다. 외부인이 어떻게 피의 계약을 아는지 모르겠지만 말입니다."

피의 계약은 마법사 간에서 행하여지는 언령의 약속과 유사한 뱀파이어만의 절대적인 계약 방법이었다.

언령의 약속은 마법사들이 마나를 걸고 하는 약속으로 그 약속을 지키지 않으면 외부의 마나가 더 이상 마법사의 의지를 따르지 않아, 더 이상 마법사라고 할 수 없는 존재가 되고 말아 마법사들에게는 절대적인 계약과 마찬가지인 약속이었다.

마찬가지로 피의 계약은 뱀파이어의 진혈에다가 맹서를 하는 계약 방식으로 그 계약을 어기게 되면 진혈이 말라버려 모든 마나능력 및 뱀파이어의 능력을 상실하게 되어버리는 뱀파이어에게는 절대적인 계약이었다.

피의 계약을 어긴 뱀파이어는 뱀파이어로서의 단점은 모두 가지고 있으면서 능력을 모두 잃어버려 일반인만도 못한 존재가 되어버리기에 계약을 행하였다면 절대적 구속력이 있다고 할 수 있었다.

언령의 약속이든 피의 계약이든 계약의 당사자들이 진정으로 원하지 않으면 발현되지 않는다는 점에서 비슷한 점이 있었으며, 둘 다 최근에는 잘 행하여지지 않는다는 점 또한 비슷하였다.

브리딘 뱀파이어 일족의 율법에는 상급자가 하급자에게 피의 계약을 요구해서는 안 되었는데, 이곳에서도 같은 율법이 있는지는 알 수 없었다. 다만 요구하여도 상대가 진정으로 원하지 않는 경우에는 발현되지도 않았기에 큰 의미는 없었다.

과거 강민은 이런 브리딘 뱀파이어의 특성을 듣고 카리나에게 피의 각성을 시행하여주고 피의 계약을 맺은 적이 있었다.

우수한 잠재력을 갖고 있던 카리나는 피의 각성을 토대로 로드의 자리에까지 오를 수 있었고 그녀는 그 이후로도 강민의 손발이 되어 많은 일을 행하였다. 그러다가 점점 강민에게 호감을 느끼고 결국 짝사랑에 빠지게 된 것이었다.

'그러고 보니 이번에도 여자군. 흠. 다른 클랜을 찾아봐야 하려나. 전처럼 되면 귀찮을텐데.'

강민의 심정을 눈치 챘는지 유리엘에게서 심어가 전해져왔다.

[민, 그냥 이 녀석으로 해요. 마나 기질도 괜찮아 보이고, 나이답지 않게 순진한 모습도 있는 것 같은데 말이에요.]

[참. 유리엘한테는 비밀도 없네. 하하.]

[민의 눈빛만 봐도 알 수 있는 걸요. 호호호.]

강민과 유리엘이 심어를 나누는 사이, 말론도와 실비아 역시 텔레파시를 나누고 있었다.

[말론도, 어떡하는 것이 좋겠어? 받아들이는 것이 좋을까?]

[피의 계약으로 어떤 조건을 제시하는지 들어봐야 하지 않겠습니까?]

[그렇겠지? 그런데 피의 각성이라는 것이 정말 가능한 것이야?]

[가능하니 저렇게 장담하지 않겠습니까? 피의 각성이 가능하다니…… 정말 듀크급 이상은 되었다는 말이군요.]

[그런데 피의 각성을 받은 뱀파이어 중에 아는 사람이 있어?]

[과거의 듀크급이나 킹급 뱀파이어들이 자신의 자식들을 위해서 대법을 베풀었다는 기록은 있으나, 어차피 하더라도 비밀로 하니 확실한 것은 아니지만 제가 알기로는 최근 몇 십년 사이에는 없었을 것입니다.]

[그래? 흐음…….]

[확실한 것은 아닌데 드미트리가 어릴 적에 피의 각성을 받았다는 소문이 돌긴 하였습니다. 확실한 것은 아닙니다.]

드미트리라는 말을 들은 실비아의 눈빛이 변했다. 분노

와 아련함이 섞인 뭔가 복잡한 심경이 그녀의 눈 속을 스쳐 지나가는 것 같았다.

[드미트리? 그런가…… 그래서 그 정도 강자가 될 수 있었던 건가…… 그럼 내가 대법을 받으면 그 정도로 강해질 수 있을까?]

[글쎄요. 잠재능력에 따라서 다를 것이니…… 하지만 실비아님도 50년도 채 안 되는 빠른 시간에 바론급에 올라왔으니 잠재능력은 상당하리라 생각합니다. 마르퀴스급인 소르빈님의 진혈을 얻으셨으니…….]

[그 이야기는 그만!]

소르빈의 이야기가 나오자 실비아는 강한 어조로 말론도를 제지하였다. 말론도 역시 사죄를 하면서 말을 이었다.

[아. 죄송합니다. 여튼 결론만 말씀드리면 마르퀴스까진 어렵더라도 비스카운트나 카운트 등급까지는 가능하지 않겠습니까?]

[음…… 듀크급까진 무린가?]

[듀크급은 뭔가 다른게 필요한 것 같습니다. 이 세계의 마스터 등급이 그 하위 등급과는 무언가 다른 것이 필요하듯이 말입니다.]

[그래 일단 계약 조건을 듣고 판단하자.]

말론도와 이야기를 끝낸 실비아는 강민에게 말을 건넸다.

"피의 계약은 어떤 내용으로 계약하려는 것이지요? 그리고 피의 각성을 행할 만한 능력은 되는 가요? 계약만 하고 각성은 실패하면 어쩌죠?"

실비아는 마음을 단단히 먹은 듯 강민에게 능력이 되냐는 도발적인 말을 하였다.

"그건 걱정할 필요가 없지. 각성을 시킨 다음, 계약을 행할테니 말이야."

"그…… 그런……."

실비아는 놀랄 수밖에 없었다. 그녀는, 아니 말론도까지 당연히 계약이 먼저라 생각했다.

아니 계약상의 조건이 피의 각성이라 생각하였다.

그 이유는 피의 각성을 행하고 나면 공작급이라 할지라도 엄청난 마나의 손실에 십년 가까이 되는 시간의 요양이 필요했다.

그래서 피의 각성을 시행한 직후에는 자신보다 하위 능력자의 공격에도 치명상을 입을 수 있을 것이기 때문에 당연히 피의 계약을 할 때 피의 각성을 조건으로 기재할 것이라 생각하였다.

하지만 강민은 그들의 그런 생각에도 아랑곳 않고 각성을 먼저 시켜준다고 하였다. 그랬기에 실비아는 하나의 질문을 더 할 수밖에 없었다.

"마……만약에 각성만 받고 대법을 끝낸 당신을 우리가

공격한다면 어쩌려고⋯⋯? 혹시 옆의 여자를 믿고?"

"하하하. 해볼테면 해봐. 내가 사람을 잘못 본 대가로 생각하고 얼마든지 받아주지. 다만 그 대가는 너희들의 목이 될 것이야. 유리가 없더라도 네 놈들 정도야."

강민의 말과 함께 주위를 둘러싼 마나의 성질이 더욱 무거워졌고, 묵직한 살기를 함께 띠었다.

그런 마나 성질의 변화에 따라 강민과 유리엘을 제외한 나머지 사람들은 숨을 쉬기조차 힘든 상황이 되었다.

"콜록~ 콜록~"

"쿨럭~ 윽⋯⋯."

사람들이 기침과 동시 숨을 쉬기조차 힘들어하며 신음성을 내뱉자 강민은 주위에 실린 마나의 무게를 덜어냈다.

애초에 강민의 깊이를 잴 수조차 없는 그들이었지만 방금 전의 한 수는 강민의 무서움을 더 더욱 느낄 수 있는 한 수였다.

마나의 무게가 덜어지며 다시금 말을 할 수 있게 되자 실비아는 다급히 강민에게 질문을 하였다.

"피의 계약 내용은 어떻게 되죠? 그것만 듣고 결정을 하겠어요."

"내용은 간단해. 네가 내 수하가 되는 것이지."

"수하라구요?"

"수하라 하더라도 너희 클랜의 운영에 개입할 생각은

없어. 다만 내가 원하는 일이 생기면 그것을 우선적으로 처리해야하겠지. 그 정도야."

수하라는 말에 속으로 발끈하였던 실비아는 다시 생각해보니 수하라는 이름으로 이런 강자의 그늘로 들어간다면 자신들에게는 이익이면 이익이었지 손해는 아니라는 생각이 들었다. 게다가 피의 각성이라는 큰 이익까지 있는 상황에서는 두말할 것도 없었다.

그래서 실비아는 잠시 생각하다가 다시 물었다.

"어느 정도의 기간을 원하죠?"

"내가 이 세상에 있는 동안."

강민의 말은 이 세상에서 일을 다 보고 다른 곳으로 떠날 때를 이야기 한 것이지만, 실비아는 강민이 죽을 때까지로 이해하였다.

하지만 어차피 가족들이 다 세상을 떠나고 나면 강민과 유리엘 역시 이 세상을 떠나 다른 차원을 갈 예정이었기에 그 뜻은 비슷할 것이었다.

강민의 대답에 실비아는 다시 말론도와 텔레파시를 주고받기 시작했다.

[말론도, 어떡하지?]

[마스터급의 강자라 하더라도 인간인 이상 2백년도 살기 힘들 것입니다. 저 정도 강자의 밑에서 2백년 정도만 수하로 있으면서 능력을 키운다면 복수도 할 수 있지 않겠

습니까?]

복수라는 말론도의 말에 실비아의 눈이 순간 번뜩였
다.

[저 자의 수하가 된다면 지금처럼 숨어만 있는 것이 아
니라 복수를 할 수 있을까?]

[저 자의 능력이라면 가능하지 않겠습니까?]

강민은 말론도와 실비아의 텔레파시를 듣고 있으면서도
따로 내색은 하지 않았다. 마나를 통해 의사를 전달하는
텔레파시 역시 전음과 마찬가지로 강민에게는 옆에서 말
하는 것처럼 잘 들렸다.

가족들이 세상을 떠날 때까지 이 세상에 머무른다면 2
백년 보다 더 짧은 시간이 될 가능성이 높았지만 강민은
굳이 그들에게 그것까지 언급하지는 않았다.

그것을 들을 수 있는 것은 유리엘도 마찬가지였다. 그들
의 말을 듣던 유리엘이 강민에게 심어로 말을 건넸다.

[어쩐지 외국계 뱀파이어들이 한국에 있다 했더니, 숨어
들어왔던 것이군요.]

[그렇군. 뭐 저기 실비아라는 뱀파이어가 한국계인 것은
맞는 것 같지만 말야.]

[복수 운운하는 것이 전에 헤이안과 그랬던 것처럼 또
엮이는 것 아니에요? 호호.]

[그럼 이 녀석들은 포기하고 다른 클랜을 찾아볼까?]

[굳이 그럴 것 있겠어요? 복수하는 모습을 보는 것도 재미있는 일이잖아요. 실비아라는 아이가 마음에 들기도 하고요. 호호호]

[끄응……]

과거 카리나의 예가 생각나서 유리엘에게 다른 클랜을 찾아보는 것을 물어보았으나 유리엘은 강민의 심정을 알고도 재미를 이야기하며 실비아를 고집하였다. 실비아의 순진해 보이는 모습이 유리엘은 마음에 든 것 같았다.

그들의 고민이 어느 정도 정리되는 것 같자 강민은 실비아에게 다시금 물었다.

"어때 결정했나?"

"그래요. 결정했어요. 제안을 받아들이겠어요!"

"알겠다. 그럼 준비하지."

"그런데 제가 수하가 되면 그……쪽을 부르는 호칭을 어떻게 하면 될까요?"

말하기가 애매했는지 그 쪽이라며 얼버무리며 실비아가 강민에게 물었다. 얼굴을 붉히며 묻는 모습이 실제로는 보이는 외모보다 몇 배는 더 살아왔을테지만, 영락없는 10대 여고생처럼 보여 강민은 내심 미소를 지으며 대답하였다.

"마스터 정도면 될 것 같군."

"알겠습니다. 마스터. 앞으론 그렇게 부를게요."

아직 각성도 계약도 하지 않았지만 실비아가 대답을 하며 강민에게 고개를 숙이자 옆의 말론도 역시 따라 고개를 숙였다.

클랜의 리더가 수하가 된다는 것은 그 클랜 전체가 수하가 되는 것이나 마찬가지기 때문이었다. 인사를 마친 말론도가 강민에게 물었다.

"마스터, 피의 각성은 언제 하시려고 하는 것입니까?"

"지금 바로 하지."

"네? 듣기에는 준비과정이 필요하다고……."

말론도가 알고 있는 피의 각성은 최소 한 달이상 시술자와 피시술자 모두가 마나의 상태를 최적화한 다음, 음기가 강한 보름달에 대법을 펼친다고 알고 있었다.

하지만 말론도 역시 구체적인 방법은 모르고 있었다. 그랬기에 각성의 방법까지 알고 있는 강민에게 더 놀랐던 것이었다.

"아. 괜찮아. 준비가 완료된 상태를 알고 있으니 그 상태로 만들어서 각성시키면 되니까 말이야."

과거 한수아의 치료와는 다른 상황이었다. 한수아는 선천진기 자체가 약해져서 강민의 시술을 버틸 힘 자체가 없었지만, 지금 실비아는 신체 건강한 상태로 강민이 힘을 쓴다고 해도 충분히 받아들일 수 있는 상황이었다.

그랬기에 강민의 능력으로 강제로 각성 준비가 된 신체 상태로 만들어 각성을 시킬 수 있었다.

여기에서 각성에 관한 절차를 아는 사람은 강민과 유리엘 뿐이었기에 실비아를 비롯한 다른 사람들은 자신만만한 강민의 말에 아무런 말을 할 수 없었다.

사람들을 조용히 시킨 강민은 손을 휘둘러 스티븐의 은신처에 직경 10미터 정도의 빈 공터를 만들어 냈다.

창고형의 은신처는 그 정도 공간은 넉넉하게 만들 수 있을 정도로 충분히 넓었다.

공터를 만든 강민은 유리엘에게 말했다.

"유리 부탁해."

이미 이심전심 단계에 있는 유리엘은 강민이 별다른 설명 없이 부탁한다고만 하였는데도 고개를 끄덕이며 공터의 옆에 섰다. 마법진을 그리려는 것이었다.

영구적인 마법진이 아닌 임시 마법진이라 별도의 촉매 없이 그녀의 마나로만 마법진을 그리기로 하였는지, 유리엘은 아무런 도구도 꺼내지 않고 마나를 일으켰다.

어디선가 한줄기 바람이 불어온 듯 잠시 마나의 유동이 느껴지더니 그림을 그리듯 유리엘의 손끝에서 무지개빛 마나가 풀려나와 공터에 마법진이 그려지기 시작했다.

룬문자와 함께 삼각형, 오각형 등의 일반적인 도형부터

말로 표현하기 힘든 문양까지 각종 그림들이 형형색색의 빛깔로 그려지기 시작하였다.

이런 신비로운 광경에 강민을 제외한 나머지 뱀파이어들은 그 광경을 넋을 놓고 바라보고 있었다.

특히 스티븐의 놀라움은 더 컸다. 둘과는 달리 정통의 마법을 배운 마법사이기도 한 스티븐은 유리엘의 마법진이 이곳의 마법진과 그 기초부터가 다르다는 것을 알 수 있었다.

마법진에 쓰인 룬문자 역시 여기의 룬문자와 상이한 모습이었는데, 그 문자에 내재된 힘은 여기의 문자보다 훨씬 컸다.

그랬기에 스티븐은 입을 쩍 벌리고 온 몸으로 놀라움을 표현하고 있었다.

얼마 지나지 않아 10미터 정도의 공간은 유리엘이 그려놓은 마법진으로 가득 찼다. 유리엘이 그려놓은 마법진은 모르는 사람이 보더라도 그 강대한 힘을 느낄 수 있을 정도로 유형화된 마나가 아지랑이처럼 피어오르는 것이 눈에 보였다.

유리엘이 마법진을 완성하자 강민은 실비아에게 손짓하며 말했다.

"실비아. 이리로 와서 누워봐."

이미 결심을 굳힌 실비아는 아무 말 없이 강민의 손짓에 따라 마법진의 가운데 누웠다. 실비아가 준비된 곳에 자리하고 눕자 강민이 실비아의 옆에 앉아 단전부위에 손을 올렸다.

준비를 마친 강민이 유리엘을 바라보자 유리엘은 고개를 살짝 끄덕이더니 손가락을 튕겼다.

딱~!

유리엘의 손가락 튕기는 것과 동시에 마법진이 활성화되어 무지개빛 장막이 반구형으로 마법진 전체를 감싸며 강민과 실비아의 신형을 시야에서 감추었다.

마법진이 활성화 되어 강민과 실비아가 보이지 않자, 말론도가 유리엘에게 물었다.

"얼마나 걸릴 것 같습니까?"

사실 말론도는 처음에는 유리엘을 약간 경시하고 있었다. 강민이 나서서 모든 일을 하고 있었기에 그녀의 실력을 볼 수 없었기 때문이었다.

하지만 조금 전 그린 마법진의 수준으로 보아 유리엘 역시 자신의 실력으로는 가늠할 수조차 없는 강자임을 알고 자연스럽게 존댓말을 하였다.

"글쎄? 실비아의 잠재능력에 따라 다르겠지. 예전에 했을 때는 두 시간 정도 걸렸는데. 아까 보니 한 시간 정도면 될 것 같아."

카리나에 비해서 실비아의 잠재능력은 다소 낮았기에

유리엘의 판단에 한시간 정도면 충분히 진혈을 다 깨우는 피의 각성을 마칠 수 있을 것 같았다.

이쯤 되니 말론도는 자신이 아는 피의 각성과 강민이 말한 피의 각성이 같은 것인지도 의심스러웠다.

준비과정도 자신이 알던 것과 너무 달랐고, 소요되는 시간도 자신이 알고 있는 정보로는 최소 일주일에서 길게는 한 달까지 걸리는 시간이 소요되는 것으로 알고 있었는데, 유리엘은 한두시간을 이야기하고 있었으니 말이었다.

물론 강민 정도의 강자가 그에 비해 강하지도 않은 실비아의 클랜을 수하로 삼으려고 거짓을 이야기 할 것이라는 생각은 하지 않았지만 뭔가 이상하다는 생각은 하였다.

'아직 피의 계약을 맺은 상태도 아니니 일단 각성이 끝나는 것을 보고 생각해봐야겠군. 어차피 실비아가 피의 각성을 마치고 나오면 제대로 대법이 시행되었는지 스스로가 알겠지.'

말론도는 실비아의 양아버지이자 그녀를 뱀파이어로 이끈 소르빈의 부하이자 친우였다. 소르빈의 유언으로 실비아를 부탁하였기에 그녀 옆에 있는 것이지, 로얄 뱀파이어 등급인 그 스스로도 클랜을 만들 능력은 되었다.

실비아 역시 그 사실을 알고 말론도를 부하로서 대하고

는 있지만 마음 한편으로는 아버지처럼 그를 무척이나 의지하고 있는 실정이었다.

어느덧 한 시간 정도가 지나자 마법진의 무지갯빛이 서서히 옅어지며 강민과 실비아의 모습이 드러났다. 여전히 강민의 오른손은 실비아의 단전 부위에 있었고, 실비아는 누운 채로 체내의 마나 순환을 행하고 있었다.

"합!"

강민의 가벼운 기합소리와 함께 주위에 펼쳐진 마법진을 휘돌던 무지갯빛의 마나가 일시에 실비아의 몸속으로 파고들며 그녀의 몸이 가볍게 떠올랐다.

강민은 깨어난 실비아의 진혈을 자신의 마나로 부드럽게 다독인 후 서서히 그녀의 단전에서 손을 떼고 일어섰다.

강민이 실비아의 단전에서 손을 떼자 마법진 또한 그 목적을 다했는지 나타날 때와 마찬가지로 빛을 흩날리며 사라졌다.

무지갯빛 가루가 사방으로 흩날리며 서서히 사라지는 모습이 마치 동화 속의 한 장면과 같이 몽환적으로 느껴졌다.

마법진 역시 사라져 대법이 끝났다는 것을 알 수 있었지만, 아직도 실비아는 일어나지 않고 마나 순환을 하며 체내의 마나를 다스리고 있었다. 대법을 통해 강제로 각성시킨 진혈의 잠재력을 하나라도 더 자신의 것으로 만들기 위해서 노력하고 있는 것이었다.

한참을 더 누워있던 실비아는 누운 채로 눈을 번쩍 떴는데 눈에 빨간 물감을 떨어트린 듯 그녀의 눈은 새빨간 빛을 띠고 있었다.

하지만 이내 그녀의 눈에 있는 붉은 기운이 서서히 옅어지며 사라졌고, 곧 평상시의 눈으로 돌아왔다.

지금 그녀가 할 수 있는 수준에서의 모든 기운의 갈무리를 마친 실비아는 벌떡 일어나서 강민에게 감사를 표하려고 하였다. 하지만 벌떡 일어나려했던 그녀는 10미터 가까이 되었던 은신처의 천장에 이를 정도로 뛰어 올랐다.

갑자기 본신의 힘을 훌쩍 뛰어넘는 강대한 힘을 얻은 그녀가 잠시 자신의 힘을 조절하지 못하여 일어난 일이었다. 그러나 능력이 없다 생긴 것이 아니기 때문에 힘을 조절하는 데는 얼마 걸리지 않을 것이다.

조심스레 바닥에 착지한 실비아는 강민에게 고개를 숙이며 감사의 인사를 했다.

"감사합니다. 마스터."

"그래, 몸은 어떠냐?"

"몸 전체가 힘이 넘치는 느낌이에요. 이런 것이 피의 각성이었군요."

실비아의 말에 옆에 서있던 말론도는 안도의 한숨을 내쉬었다. 실비아의 말을 통해 자신이 아는 피의 각성과 강민의 알고 있는 그것이 그리 큰 차이가 없는 것을 알 수 있었기 때문이었다. 과정이야 어떻든 결과가 말해주는 것이니.

"지금 네 마나 수준으로 보아하니 유니온에서 말하는 A급은 충분히 되어보이는군. 향후 네 노력에 따라서 A+까지도 가능하겠지. 뭐 그 이상은 네가 하기 나름이겠지."

하기 나름이라는 강민의 말에 실비아의 눈에는 굳을 결의가 스쳐지나갔다.

유니온 기준으로 A급의 능력자면 백작급 뱀파이어, A+급이면 후작급의 뱀파이어였다. 즉, 남작급 뱀파이어였던 실비아로서는 지금 두 단계가 넘는 능력 승급을 한 것이었다. 물론 그 등급에 맞는 뱀파이어로서의 능력은 배우고 익혀야 하겠지만 말이다.

이 정도면 뱀파이어의 전체 로드에 도전하기는 턱없이 부족했지만 인근의 뱀파이어들을 규합하여 수족이 될 만한 뱀파이어들은 충분히 확보할 수 있을 것이라 강민은 생각했다.

"그런데 괜찮으십니까?"

질문은 실비아가 아닌 말론도에게서 나왔다. 말론도의

상식으로는 공작급 뱀파이어도 피의 각성 이후에는 몇 년간의 휴식이 필요할 정도로 힘이 든 대법이었기 때문이었다.

"이 정도 가지고 뭐."

강민의 말에 말론도는 약식으로 하여 그런가 하며 고개를 갸웃거렸다. 하지만 지금 강민이 한 방법이 말론도가 알고 있는 방법보다 몇 배는 더 대법의 시술자에게 부담이 가는 방식이고 피시술자에게는 혜택이 가는 방식이었다.

말론도가 알고 있는 정식의 준비, 즉 마나를 정돈하고 만월을 기다리는 것들의 행동 자체가 대법을 시행하여 진혈을 깨우는 것에 대한 부담을 조금이라도 줄이기 위한 방법이었다.

하지만 강민은 그 정도의 부담에 아무런 영향을 받지 않았기에 그것이 필요가 없었고, 오히려 유리엘의 마법진으로 단순한 자연의 마나를 이용하는 것 보다 더 강대한 마나샤워를 할 수 있도록 하였다.

그 결과 실비아의 원래 잠재력 보다 더 높은 수준의 성취를 얻을 수 있게 하였던 것이었다.

"그럼 피의 계약을 맺어볼까?"

"네. 마스터.

이미 강민의 능력을 확인한 실비아는 강민을 마스터로

모시는 것에 대한 거리낌이 없었다. 오히려 강민과 같은 강자가 자신 정도의 뱀파이어를 수하로 두어 어떤 이득이 있을지가 더 의문이었다.

피의 계약을 맺는다는 말에 실비아는 낮게 읊조리며 자신의 진혈을 활성화 시키지 시작하였다.

잠시 주문과 같은 말이 끝나자 그녀는 자신의 검지 끝을 깨물어 상처를 냈다.

상처를 낸 실비아는 상처의 피를 잉크 삼아 전방의 허공을 종이 삼아 뱀파이어 고유의 문자로 계약서를 작성하였다.

역시 이 곳의 뱀파이어는 브리딘 차원의 뱀파이어와 동일한 문자를 사용하였다. 이곳의 뱀파이어 시조는 브리딘에서 넘어왔을 강민과 유리엘의 추측이 맞다는 것을 확인하는 순간이었다.

마나를 머금은 피의 문자는 바닥으로 떨어지지 않고 허공에 맺혀있었는데, 실비아가 강민이 이 세상에 있는 동안 그를 주인으로 모신다는 내용의 글귀를 마치고 마지막으로 진혈로서 그녀의 인장을 찍으며 계약의 작성을 마쳤다.

한동안 허공에 떠 있던 계약의 내용은 그녀가 진언을 읊으니 공중에서 불에 타 붉은 연기로 변했고 그 연기는 실비아의 몸으로 흡수가 되었다. 아마 그녀가 진정 원하는 것이 아니었다면 연기로 변한 계약의 내용이 흡수가 되는 것이 아니라 흩어졌을 것이다.

피의 각성에 비하면 피의 계약의 절차는 간단했다. 하지만 그 간단한 계약에 담긴 의미는 적지 않았다. 이제 그녀는 강민이 이 세상에 있는 동안 강민의 수하로서의 삶을 살아야 하는 것이었다.

사실 피의 계약은 좀 더 명확한 상황을 가정하여 계약을 하는 경우가 많았다.

예를 들어 몇 월 며칠까지 특정인을 계약자의 목숨을 바쳐서 지켜준다던지, 정확히 몇 년간 특정 행동이나 임무를 수행하는 식으로는 내용과 기간을 정하는 경우가 더 많았다. 또한 그 기간은 단기간인 것이 일반적이었다.

지금 강민이 제시한 세상에 있는 동안이라는 식의 추상적이고 장기적인 계약은 잘 체결하지 않았다. 그 이유는 어떤 상황이 벌어질지 모르기 때문에 그런 식의 계약을 맺는 것을 꺼리기 때문이었다.

하지만 강민이 이 세상을 떠날 때까지 수하가 된다는 식의 추상적인 피의 계약을 맺은 이유는 따로 있었다.

피의 계약은 진혈에 새긴 맹세이다. 계약을 지키지 않으면 진혈의 힘이 사라지는 것과 마찬가지로 계약을 지키면 지킬수록 계약의 힘이 진혈을 강화시킬 수 있었던 것이었다.

이런 사실은 장기간의 피의 계약을 맺지 않은 대부분의 뱀파이어들은 모르고 있었지만 과거 카리나와 피의 계약을 맺은 강민은 이 사실을 알고 있었기에 이런 식의 계약을 맺은 것이었다.

"마스터, 계약은 끝났습니다."

"그래, 좋다. 간단한 사항들을 먼저 물어보지. 아까 스티븐에게 왜 루시페르를 탈퇴했다고 하니 네게 물으라더군. 이유가 무엇이지?"

강민은 아까 스티븐이 대답하지 못한 사항에 대해서 실비아에게 다시 물어봤다. 그녀는 약간 곤란한 표정을 짓더니 이내 결심을 한 듯 강민에게 이야기하기 시작했다.

"루시페르의 중추에 있는 인물과 같이 있기 힘든 상황이 되었기 때문입니다."

"무슨 일이지?"

"제 양아버지인 소르빈님을 죽인 원수가 루시페르의 다섯 대행자 중의 한 명입니다."

대행자라는 말에 옆에 있던 말론도가 보충 설명을 하였다.

"대행자는 로드의 생각과 행동을 대신하여 행하는 뱀파이어로 로드를 제외하곤 가장 높은 위치에 있는 뱀파이어입니다."

대행자라는 말에 강민은 유리엘에게 심어를 전했다.

[여기는 다섯인가 보군.]

[그렇게요. 13 대행자가 다섯으로 줄어버렸네요.]

과거 브리딘에서는 열세명의 대행자가 있었으나 여기에선 다섯 대행자라 바뀌어 있었다. 그만큼 여기의 뱀파이어는 브리딘에서처럼 성세를 누리지 못하고 있다는 반증일 것이다.

"그 원수가 누구지?"

여기의 뱀파이어 모두를 알지 못하는 강민은 이름을 들어도 누가누구인지 모를 것이지만, 수하의 원수를 확인하는 차원에서 물어보았다.

원수를 물어보자 실비아는 잠시 멈칫거리며 아까 전에 보였던 복잡한 눈빛을 띠다가 강민에게 대답을 하였다.

"……제 5 대행자인 드미트리입니다."

강민은 실비아의 표정을 보고 무언가가 뒤에 더 있다는 것을 알았지만 굳이 거기까지는 물어보지 않았다.

"드미트리라. 알겠다. 나중에 복수할 기회를 만들어주지."

"네? 드미트리는 듀크급의 뱀파이어인데……."

"아직도 내 실력을 잘 모르겠는가보군. 여튼 그건 나중에 차차 알게 될 일이고. 뱀파이어가 된지 얼마나 된거지? 아직 많이 미숙해 보이는데 말이야."

"……네. 아직 100년이 채 되지 않았습니다."

"그런데 클랜의 리더라? 좀 이상한데? 수하들이 따르던 가?"

보통은 뱀파이어로서 100년 정도의 시간이 지나야 뱀파이어 사회에서 제대로 된 성인 뱀파이어로 인정을 받는다. 그렇기에 아직 100년도 채 되지 않은 실비아가 클랜의 리더가 되었다는 사실은 충분히 이상할 만도 하였다.

"그…… 그건……."

실비아가 대답을 망설이자, 옆에 있던 말론도가 말을 받았다.

"……그들은 아마 저를 보고 따라온 것일 것입니다."

"좀 더 자세한 이야기를 듣고 싶군."

"네."

말론도의 말에 따르면 실비아가 뱀파이어가 된지는 아직 70년 정도 밖에 되지 않았다. 그것만 해도 인간으로서는 노년층에 달하는 나이일 것이나 뱀파이어에게는 많이 봐야 청소년을 갓 벗어난 연령이라 할 수 있을 것이다.

실비아와 뱀파이어의 인연은 소르빈이 한국을 여행하다가 집안이 풍비박산이 나서 거리를 헤매고 있는 그녀를 보고 프랑스로 데려가 입양을 하면서 시작되었다.

소르빈은 후작급의 뱀파이어로 과거 동양계 여성 제인과 사랑에 빠진 적이 있었다. 그녀를 깊이 사랑한 소르빈은 그녀가 사망한 이후에는 다른 여자와는 한 번도 인연을 맺지 않았었다.

그렇게 오랜 시간을 보내던 중 한국에서 실비아를 본 소르빈이 제인의 어릴 적 모습과 매우 흡사한 실비아를 보고, 제인과 과거가 생각이 나서 그녀를 입양하게 되었던 것이었다.

물론 어린 그녀에게 연애감정을 느낀 것은 아니었고, 그녀와 흡사한 실비아가 거리를 떠도는 거지꼴을 하고 있는 것이 안타까웠다는 감정이 더 컸을 것이다.

당시 제인은 독실한 기독교인으로 뱀파이어를 터부시하는 기독교인의 성향 때문에 소르빈은 자신이 뱀파이어인 것을 알리지 않았다.

그래서 그녀와의 추억으로 입양한 실비아에도 자신이 뱀파이어인 것을 알리지 않아, 실비아는 그 사건이 벌어지기 전까지는 소르빈이 뱀파이어인지도 몰랐다.

사건은 실비아가 19살 때 벌어졌다. 소르빈은 모종의 사건으로 인하여 제 5 대행자인 드미트리에게 죽음에 이르는 상처를 입었고, 그 과정에서 실비아 역시 목숨을 잃을 상황에 빠졌다.

이러한 상황에서 둘 다 살 수 없다고 판단한 소르빈은 자신의 진혈을 모두 실비아에게로 옮겨 실비아는 뱀파이어로서 살리고 그 자신은 결국 죽음에 이르렀다.

사건 이후 뱀파이어로 되살아난 실비아는 드미트리에게 복수를 하려하였으나 소르빈의 친구이자 충직한 수하인 말론도가 그녀를 제지하였다.

실비아의 실력으로는 복수가 아니라 자살이 되고 말 것이라 생각하였기 때문이었다.

결국 복수가 아니라 드미트리의 눈을 피해서 소수의 충직한 수하들만 데리고 도피를 하게 되었고, 몇 십년간 유럽 및 북미 쪽에 있다가 10여년전에 한국으로 들어와서 지금까지 이곳에서 지내고 있었다고 하였다.

이런 이유로 지금 클랜원들은 실비아의 충직한 수하라고 하기보다는, 소르빈의 수하였고 말론도를 따라서 이곳까지 오게 된 것이었다.

물론 소르빈의 딸이자 그의 진혈을 받은 후계자인 실비아를 따르지 않는 것은 아니었지만 실질적으로 실비아보다는 말론도를 더 의지하고 있는 실정이었다.

"그렇군. 어차피 뱀파이어 세계는 강자존의 세계이니 힘을 얻은 지금은 조직 장악력을 높일 수가 있겠지. 그런데 지금 클랜원은 몇 명이나 되지?"

이 질문에는 다시 실비아가 대답하였다.

"저를 제외하고 열두명의 클랜원이 있습니다."

"소규모 클랜이군. 그럼 여기 두 명을 제외하면 열 명이 더 있다는 소리군."

"그렇습니다."

"좋다. 어차피 클랜원을 소집하고 지금 쓰는 레어를 정리하는데 시간이 걸릴테니 일주일의 시간을 주지. 클랜원을 모두 모아서 일주일 뒤에 KM 빌딩으로 찾아와."

"네. 알겠습니다."

강민의 말에 실비아는 힘 있게 고개를 끄덕이며 대답했다.

5장. 연수

NEO MODERN FANTASY STORY & ADVENTURE

현세귀환록

5장. 연수

KM 그룹의 신입사원 연수를 받게 된 강서영과 김세나 둘 다 한 번도 이렇게 장기간 집을 떠나서 있던 적이 없었기에 마치 길게 여행을 온 듯이 즐거워하며 연수원에 들어왔다.

연수원은 6인 1실의 방이 제공되었는데, 당연히 처음 만 나는 신입사원들은 서로 어색해 하였다. 강서영과 김세나 또한 각자 다른 방으로 가게 되어 강서영 역시 방에 아는 사람은 아무도 없었다.

그것은 다른 사람들도 마찬가지였는지 다들 어색해 하 며 있었는데, 그 중 20대 후반으로 일행 중에서는 그나마 약간 나이가 들어 보이는 단발머리 여자 신입사원이 먼저 인사를 하자며 이야기를 이끌었다.

"안녕하세요. 이제 한 달간 같이 있을텐데 서로서로 인사 하고 지내는 게 어때요. 저부터 소개할께요. 저는 임미라라고 합니다. 나이는 29살이구요. 여자치고는 약간 늦은 편인데 운이 좋게 합격을 했네요. 아. 저는 KM 마트에 지원했어요."

각 계열사별로 따로 선발을 하였지만 그룹연수에서는 계열사와 관계없이 섞어서 방을 배치하였기에, 여러 계열사의 신입사원들이 같은 방에 있을 수 있었다.

임미라가 먼저 인사를 하면서 대화의 물꼬를 트자 이내 서로서로 인사하기 시작했다. 두 번째로 26살 김진아가 소개를 하였고, 강서영 역시 세 번째로 자기를 소개하며 소개 릴레이를 이었다.

27살 박소영과 26살 이희은이 소개를 마치자 이내 마지막 신입사원 차례가 되었다.

마지막 신입사원은 지금 방의 멤버 중에서는 가장 미인으로 얼굴만 따지자면 강서영보다도 눈에 띄는 미녀였다.

강서영은 미인이라기보다는 여동생처럼 귀여운 타입인 반면, 그녀는 현대적으로 생긴 전형적인 미인이었다. 아마 1,000명의 신입사원 중에서도 손꼽히는 미녀라고 할 수 있을 정도의 미모였다.

새침한 표정을 짓고 있던 그녀 자신은 별로 소개하고 싶지 않은 듯 해보였으나 다들 소개하니 마지못해 한다는 식으로 소개를 시작했다.

"저는 23살 신애린이라고 해요. 한국대 경제학과 나왔
구요. KM 그룹 지주에 지원했어요."

필요한 말만 한 그녀는 다른 사람들은 이야기 하지 않은
학교이야기를 하면서 사람들의 기를 죽이려고 하는 듯하
였다.

신애린 정도의 미녀가 학교까지 국내 최고 대학이라는
한국대에 그것도 경제학과를 나온 재원이라면 누구나 인
정을 할 만 하였기 때문이었다.

신애린의 소개에 강서영을 제외한 나머지 신입사원들은
다들 약간 떨떠름한 표정을 지었지만 굳이 그것을 드러내
지는 않았다.

강서영은 그런 분위기를 느끼고 애써 나서며 분위기를
좋게 하려고 하였다.

"아. 그럼 저랑 동갑이네요. 애린씨. 동갑인데 말 놓고 편
하게 지내는 게 어때요? 다른 분들도 편하게 불러주세요."

동갑인 신애린만 제외하면 모두 강서영보다 나이가 많
았기에 강서영의 말은 어찌보면 당연한 말이었다.

하지만 다들 성인이고 여기는 학교도 아니고 회사인지
라 손아랫사람이 먼저 말을 편하게 하라고 하기 전까지 단
지 나이가 많다고 반말을 하는 것은 예의에 어긋나는 일이
었다.

그렇기에 가장 어린 강서영이 먼저 나서서 말을 편하게 하자는 것은 나이가 많은 언니들에겐 고마운 일이었다.

신애린 생각에는 강서영이 좀 나대는 것 같아서 불쾌하였지만 그녀는 굳이 그것까지 싫어하는 티를 내며 왕따를 자처 할 만큼 눈치가 없지는 않았다.

이렇게 강서영의 방은 서열 정리가 끝났다.

❖

벌써 연수원에 들어온 지 보름이 지났다. 1,000명이 넘는 큰 규모라 20개의 조를 짜서 움직였는데, 강서영과 김세나는 서로 다른 조라 하루 한 번을 마주치기조차 힘들었다.

하루의 거의 대부분을 50여명의 같은 조원들과 움직였고, 그 중에 특히 같은 방원들과는 숙식까지 함께하여 더 친하게 지낼 수밖에 없었다.

오늘도 오후 수업까지 끝나고 저녁 식사를 하였는데, 일반적으로는 삼삼오오 같은 방의 멤버들끼리 앉아서 밥을 먹었다. 아무래도 가장 많은 시간을 보내는 사람들이었기에 그만큼 더 친해졌기 때문이었다.

강서영이 있는 2번방의 멤버들도 같이 식사를 하였는데 6명이 아니라 5명밖에 없었다. 신애린이 없었던 것이었다.

"오늘도 애린이는 저 애들 하고 밥 먹는거야?"

맏언니인 임미라가 다른 일행들에게 물었다. 두 번째로 나이가 많은 박소영이 그녀의 말에 대표로 대답했다.

"네, 언니. 이젠 그 방에서 술도 마시고 들어온다니까요. 남자들도 같이 마셨다는 것 같기도하고요."

연수원은 서울에서 꽤나 떨어진 경기도의 시골에 있는지라 주변에는 논밭 밖에는 없었다. 하지만 연수원 내 편의점이 있어 술을 마시고자 하면 못 마실 것도 없었다.

신애린은 연수원의 남자들 사이에서 암암리에 F5 중에 한명으로 불렸다. F는 Flower, 즉 꽃의 약어로 연수원의 다섯 꽃이라는 의미였다.

그 F5들은 자신들이 그렇게 불리는 것을 알고 두 명씩 세 명씩 짝을 이루어 남자 쪽에서 소위 잘 나간다는 신입사원들과 자주 어울렸다.

오늘도 신애린은 다른 F5의 멤버와 함께 남자들 5명과 밥을 먹고 있었다.

박소영은 그런 신애린이 영 좋지 않게 보였는지 한동안 신애린 뒷담화를 하였다. 임미라와 강서영을 제외한 나머지 두 명도 그런 신애린이 좋게 보이지 않았는지 그 뒷담화에 동참해서 한참을 이야기 하였다.

하지만 뒷담화의 정도가 심해지는 것 같자 임미라가 제지하였다.

"얘들아, 말이 너무 심한 것 같아. 그래도 우리 동기인데 말이야."

임미라의 제지에도 박소영은 분이 풀리지 않는지 그녀에게 말했다.

"언니, 걔는 우릴 동기로 생각도 안할껄요? 그러니까 지금도 저렇게 다른 곳에서 밥먹고 있지요."

그녀의 말에 김진아 역시 동참하며 말했다.

"아마 어차피 계열사로 각각 다 흩어지고 나면 다신 안볼거라 생각하는 것 같아요. 이래서 지주사 애들은……아."

그룹 지주사에 들어갈 사람들을 싸잡아 욕하려던 김진아는 강서영이 자신을 바라보고 있는 것을 느끼고 말을 끊었다.

강서영 역시 지주사로 갈 것임을 알고 있었기 때문이었다. 아직 복지재단이 설립되지 않아 강서영은 지주사 소속으로 하여 연수를 받고 있었다.

김진아의 당황스러움을 느낀 동갑내기 이희은이 그녀를 돕기 위해 말을 이었다.

"얘, 지주사 애들이라고 싸잡아 이야기 하지말아. 서영이처럼 이렇게 착하고 참한 아가씨도 있는데 말야."

"그……그래. 내가 말이 헛나올 뻔 했네. 미안해 서영아. 그런 의도가 아니라……."

"언니 괜찮아요. 저렇게 행동하면 뒷말이 나올텐데, 애린이가 너무 짧게 생각하는 것 같네요."

강서영은 뒷담화에는 참가하지 않았지만 그녀 역시 신애린의 행동이 좋아 보이지는 않았기에 다소 비판적으로 말을 하였다.

세 테이블 뒤에서 밥을 먹으며 남자들과 이야기하던 신애린은 자신을 이야기하는 것을 느꼈는지 문득 고개를 들어 강서영의 테이블을 바라보았다.

강서영과 임미라는 신애린을 등지고 있어 그녀를 못봤지만, 다른 멤버들은 갑자기 말을 끊고 고개를 숙이며 서둘러 밥을 먹기 시작했다.

그런 그들의 모습에 신애린의 얼굴에는 살짝 비웃음이 스쳐 지나갔다.

'어차피 너희들과 나는 급이 달라. 그나마 강서영인가 하는 애는 한국대생이긴 하던데. 하긴 불문과 정도로는 안되지. 얼굴도 나보다 떨어지고 말이야.'

어렵게 어렵게 살아온 신애린은 최고의 목표는 부자가 되는 것이었다.

어릴 적에는 돈을 많이 벌 수 있는 연예인도 꿈꾸었었는데, 연예 기획사 오디션을 보고 자신이 카메라 울렁증인 것을 알게 되었다.

카메라 앞에만 서면 머리가 하얗게 변하면서 아무 생각

이 안나, 그 예쁜 얼굴에도 연예계 데뷔는 생각도 못했다.

결국은 공부만이 살 길이라는 생각으로 고등학교 시절 죽도록 공부를 하여 한국대 경제학과에 들어갔다.

고등학교 때까지는 공부를 열심히 하여 한국대 경제학과까지 왔지만 대학에 와서는 공부보다는 남자들을 만나고 노는 것에 더 신경을 많이 썼다.

자신이 성공하는 방법도 있지만 부잣집 도련님을 만나면 더 빠른 시간 내에 부자가 될 수 있을 것이기 때문이었다.

예쁜 얼굴을 가지고 있다보니 그래도 제법 산다하는 집 아이들과 만났는데 눈이 높은 그녀의 눈에 차지 않았다.

어차피 그렇게 만나는 부잣집 애들도 그녀를 한 번 만나 놀 아이로 생각했지, 어린 나이에 결혼까지 생각하지는 않았을 것이었다.

그녀 역시 그런 걸 알기에 그 남자들에게 올인하여 결혼까지 생각한 것은 아니었고, 적당히 학교생활을 편하게 하는데에 그 애들의 부를 이용했다.

그리고 그녀가 그 애들을 만나며 결혼까지 생각하지 않은 것은 마음을 줄만한 남자가 없었다는 것도 이유가 되었다. 아니 그녀가 마음을 줄 만큼 부자인 남자를 만나지 못했다는 것이 더 맞는 말일 것이다.

다만 한국대의 노블레스라 불리는 자유전공학부의 상류

층 자제들과는 결혼까지 생각하며 만나 보려하였는데, 안타깝게도 그녀와는 아무런 접점이 없어서 한 번도 만나지도 못하고 이렇게 졸업하고 말았다.

어쩌면 그녀에게는 그것이 행운이었을지도 몰랐다. 그녀는 자신의 매력으로 잡을 수 있을 것이라 생각하겠지만, 이미 닳고 닳은 망나니 같은 자유전공학부 애들을 만났다면 결혼은 커녕 농락당하다 버림받았을 확률이 더 높았기 때문이었다.

그렇게 신애린은 남자들은 만나며 흥청망청 어영부영 대학생활을 보내다 결국 졸업하여 취직을 앞두게 되었다.

학점은 좋지 않았지만 기본적으로 학벌도 있고 외모도 받쳐주는 신애린이라 취직은 그렇게 어렵지 않았고 최종적으로는 유성건설과 현승물산, 그리고 KM 그룹 지주에 합격하였다. 모두다 10대 그룹 안에 드는 대기업이었다.

세 군데나 합격한 신애린은 남들이 보기에 행복한 고민을 하였다. 세 회사의 연수가 비슷한 시기에 있어서 한 군데를 들어갔다가 다시 선택할 수도 없었다.

우선 그녀가 판단해 본 결과 연봉이 가장 높은 곳은 유성건설이고, 사내 복지나 인지도가 가장 좋은 회사는 현승물산이었다. 하지만 개인적인 발전가능성은 신생 KM 그룹 지주가 가장 높다고 그녀는 생각했다.

아무래도 그룹을 총괄하는 컨트롤 타워 역할을 하는 지주회사가 일반 계열사보다는 좀 더 핵심적인 일이라 판단하였다.

또한 모든 것이 틀에 잡힌 전통 있는 대기업보다는 아직 비집고 들어갈 틈이 많은 신생 대기업이 승진이나 능력을 발휘하기 더 좋을 것이라 생각하였다. 자신의 외모에 대한 자신감도 그 선택에 한 몫 하였다.

하지만 부모님이나 친구들은 KM 그룹은 아직 안정기에 들어가지 않아서 위험하다고, 과거 설립 몇 년만에 무너진 ST 그룹을 예로 들면서 만류하였다.

그러나 사회적으로 성공하고 싶던 야심이 있었던 신애린은 고민 끝에 KM 그룹 지주를 선택하여 연수원에 들어왔다.

들어온 연수원에서 같은 방의 멤버들은 그다지 기질이 맞는 사람이 없어 다들 별로라 생각했다. 하지만 연수를 받으며 다른 방에 자신과 비슷한 성향을 가진 언니들이 있다는 것을 알게 되었고 그 언니들과 자주 어울리다 보니 F5라는 별명까지 얻었다.

그 F5 중에서 마당발이 있는지 한 언니가 같이 연수를 받는 남자들과의 만남을 주선하였고, 남자들을 만나는 것을 주저하지 않는 신애린은 적극적으로 참여하여 지금은 방 멤버들 보다 F5 언니들과 더 친하게 지내고 있었다.

사실 F5의 외모는 다들 막상막하의 미모였으나 학벌은 자신의 학벌이 가장 좋기에 신애린의 자신감은 하늘을 찌르고 있었다.

오늘도 방멤버들은 내버려두고 그 언니들과 어울려서 식사를 하고 있었는데 F5 중 나이가 가장 많은 이예나가 분위기를 주도하며 은근히 말을 꺼냈다.

"얘들아 이야기 들었니? 이번 신입사원 중에서 임원 아들이 있대."

"사장 아들도 아니고 임원 아들이면 뭐 그냥 회사원 아들인 거 아냐?"

"얘 철모르는 소리하네. 임원들 올해 연봉 평균이 20억이래."

"20억? 2억 아녔어?"

"성공적인 그룹 출범에 따라서 임원들 성과급을 연봉의 몇 배나 지급해다더라구. 계열사별로 차이는 있겠지만 평균적으로 20억은 받아갔다더라."

"이야. 그게 연봉이라면 매년 로또 1등에 걸리는 거나 마찬가지네."

이예나는 KM 그룹에 사촌오빠가 다니고 있어서 다른 사람들 보다 많은 정보를 알고 있었다. 사실 이 모임 역시 이예나가 주도하여 만든 것이었다.

타고난 미모 덕분에 사람들을 다루는 법을 빨리 익힌 그녀는 이렇게 무리를 만들어 돋보이는 것을 좋아했다.

멤버들의 반응에 자신감을 얻은 이예나는 이어서 계속 이야기를 하였다.

"우리 사촌 오빠가 그러는데, 이 회사는 탄탄하니 걱정 말고 들어오라더라구. 너희들도 처음 입사할 때 KM 그룹 이 생긴지 얼마 되지 않아서 걱정했지?

근데 걱정 붙들어 매셔. 이미 우리나라 최고 부자라는 회장님이 회사에 출자하지 않은 돈이 출자한 돈의 몇 배나 된데. KM 그룹 전체가 망해도 다시 세울 수 있을 정도니 말 다했지 뭐……."

같이 밥을 먹던 남자 중 스포츠 머리를 한 남자가 그녀 의 말을 받으며 말했다.

"하긴 얼마 전에 유통 전쟁에서도 다른 유통 3사가 공격 해도 뚝심으로 버텨내서, 결국은 다들 손 놓고 물러섰다잖 아."

스포츠 머리의 말에 투블럭컷을 한 남자가 자신도 안다 는 듯 말을 이었다.

"아. 그 기사는 나도 봤어. 그 기사보고 회장님이 진짜 금광이라도 들고 있나 했다니까. 아님 중동에 유전이라도 감추고 있던지 말이야.

다른 빅3 유통업체는 납품업체를 쥐어짜서 치킨게임을 하는데, 우리 KM 마트는 납품업체를 쥐어짜지도 않으면서 상대를 했으니……"

두 남자의 말에 다른 남자들도 자신들도 알고 있다는 것을 말하려는 듯 한마디씩 거들었다.

"그러게 말이야 그래서 빅3업체의 PB상품을 만드는 납품업체의 반 이상을 인수해버렸다고 경제신문에 나온 거 나도 봤어."

"그래, 그래서 회사 규모가 이렇게 커진 거라잖아."

그래도 KM 그룹에 지원했던 신입사원들이라 회사의 최근 정보에 대해서는 나름 조사를 하여 유명한 사건들에 대해서는 알고 있었다.

얼마 전에 있었던 유통 대전은 사실 심층기사까지도 나온 유명한 사건이었다. KM 그룹의 인지도도 이 유통 대전으로 대폭 올라갔다고 해도 과언은 아니었다.

그 전까지만 해도 자산규모로는 10대 그룹에 들어온 KM 그룹이었지만 아직 생긴지 1년도 되지 않아 안정감이 많이 떨어졌다.

불과 몇 해 전에 ST 그룹이 창립 5년도 못 채우고 최종 부도 처리되어 계열사가 뿔뿔이 흩어진 것도 KM 그룹의 신뢰도를 떨어트리는데 한 몫을 하였다.

최소 10년 정도 지속적으로 사업을 유지하고 그룹을 이끌어가지 않는다면 단순히 자산규모 만으로는 시민들에게 신뢰도를 주기 힘든 상황이었다.

하지만 유통 대전을 통해서 KM 그룹에 대한 평가는 달라졌다. 그러나 유통대전의 초기부터 KM 그룹의 행동이 좋은 평가를 받은 것은 아니었다.

최초 유통 3사가 쥐어짜내며 KM 마트를 시장에서 고사시키려는 전략을 사용하였으나, KM 마트는 그런 타사들의 공격에도 아랑곳 않고 더 파격적인 가격정책을 사용하였다.

더군다나 타사들처럼 납품업체를 쥐어짜는 것도 아니라 납품업체와 상생하며 그런 정책을 유지하였기에 주식시장에서 KM 마트의 주가는 나날이 하락폭을 키워가고 있었다.

즉, KM 마트을 보는 외부의 시각은 KM 마트 측에서 얼마 버티지 못하고 전략을 포기하거나 사업을 포기할 거라고 보는 시각이 많았다. 그것이 주가에 반영된 것이었다.

또한 그 시기에 동요하는 직원들의 마음을 다독거리고자 실시한 전 직원의 정규직으로 전환하는 KM 그룹 전체의 인사방침이 알려지면서 KM 마트 뿐만 아니라 다른 상장된 전 KM 그룹 계열사들 또한 주가가 폭락하기 시작하였다.

가장 비정규직이 많은 KM 마트는 하한가를 기록하기도 하는 등 KM 그룹에 대한 시장의 분위기는 무척이나 좋지 않았다.

비정규직은 노동의 유연화라는 측면에서 기업 경영을 하는데 필수적인 요소로서 인정되고 있는 사회 분위기였기 때문에 ,이런 KM 그룹 지주의 방침에 계열사의 주주들 역시 큰 발발을 하였고 주식매수청구권까지 요구하는 주주들도 있었다.

주식매수청구권은 회사의 존립에 사항의 변경에 대해 소액 주주들이 피해가 없도록 회사가 공정 가격으로 이들의 보유주식을 의무적으로 매수하도록 한 제도인데, 사실 비정규직의 정규직은 이 주식매수청구권을 요구할 사항은 아니었다. 일반적으로는 사업의 양수도 및 기업의 인수 합병에나 이 청구권을 사용할 수 있었다.

하지만 KM 그룹 지주에서는 이를 다 받아주었다. 청구권을 받아들일 법적인 의무는 없었지만 굳이 반대하는 주주들과 함께 할 필요는 없다는 강민의 판단이었다.

이런 강민의 대처에 혹자는 사업을 모르는 20대 청년이 출처도 모르는 과도한 돈을 얻어서 그것을 사용할 줄도 모른다는 식의 비난을 하기도 하였다.

그러나 이런 시각은 오래가지 않았다. 강민의 개인 회사라고 할 수 있는 비상장사인 KM 그룹 지주에서 각 계열사들에게 대규모 출자를 다시금 단행하였기 때문이었다.

출자는 모든 계열사에 동시에 이루어지지는 않았는데 이 출자 역시 처음에는 회의적인 시각이 많았다.

그래서 첫 번째로 KM 마트에 대해서는 추가 출자할 때는 시장의 분위기를 반영하여 신주의 인수를 포기하는 주주들 또한 많았다.

그도 그럴 것이 당시 시장에 분위기는 KM 그룹 전체에 대한 불신이 팽배하여 있었기 때문이었다.

하지만 KM 그룹 지주는 그런 주주의 주식까지 대량 매수하여 오히려 KM 그룹 지주의 지분률을 상승시키는 기회로 삼았다.

두 번째 KM 전자에 대한 출자를 할 때도 시장의 분위기는 우려스러웠다. 하지만 KM 화학, KM 중공업까지 모든 계열사에 대해서 대규모 추가 출자가 들어가자 시장의 시각은 달라졌다. 그리고 정녕 강민의 재산이 얼마인지를 더 궁금해 했다.

때마침 익명을 요구한 내부 직원이 지금 KM 그룹이 망하더라도 같은 규모의 그룹을 몇 개를 더 만들 수 있으니 걱정 말고 사업을 진행하라는 지시가 있었다는 증언이 나오자 더 이상 KM 그룹을 우려 섞인 시각으로 볼 수 없게 만들었다.

오히려 최근 주식시장에서 가장 뜨거운 주식이 KM 그룹 계열사 주식들이었다.

이런 영향이 이번 신입사원 채용에도 많은 영향을 미쳐 기존의 대기업들 보다 KM 그룹이 더 각광을 받는 현상이 벌어졌던 것이었다.

물론 그렇다고 하더라도 나이가 있는 중장년들은 전통의 대기업을 선호하여 자식들이 KM에 간다하면 전통의 대기업을 권유하기는 하였다.

이야기가 한참 동안 다른 곳으로 새어나가는 것 같자, 신애린이 분위기를 끊으며 이예나에게 다시 물었다.

"언니, 근데 그 임원 아들이 누구에요?"

"아. 그거까지는 잘 모르겠어. 아마 연수원 직원들은 아는 것 같던데 다들 쉬쉬하는 분위기라 말이야. 아. 혹시 너희들은 들었어?"

이예나는 혹시 같이 지내는 남자들이라면 알지 몰라서 앞에 있는 남자 신입사원들에게 물었다.

"아니. 우리도 소문만 들었어."

"그러게. 나도 궁금하다. 누군지 알면 친하게 지내자고 할 텐데. 크크큭."

"그래 그래. 알게되면 나한테도 좀 말해주라. 하하하."

남자 사원들 역시 모른다는 것을 알게 된 신애린은 눈을 반짝이며 내심 생각했다.

'여기서 제대로 된 신랑감을 찾을 수 있을까?'

그녀의 목표는 부자가 되는 것이었다. 자신이 사회적으로 성공하는 것보다 더 빠른 길이 부잣집 도련님을 만나는 것이었다.

그래서 한국대를 다닐 때에도 사회 상류층이라고 불리우는 자유전공학부 애들을 만나고 싶어 했었다. 그들 중한 명만 잘 잡으면 자신 역시 부자가 될 수 있다고 판단했기 때문이었다.

이런 그녀의 생각에 KM 그룹의 임원 아들이라면 완전히 부자 상류층이라고 하기에는 좀 부족하지만 나쁘지 않은 선택이라 생각했다.

KM 그룹 자체가 한창 뻗어나가고 있는 기업이었고 그그룹의 임원이라면 아직 전도유망하다고 할 수 있었다. 게다가 그룹 임원의 며느리면 자신 역시 KM 그룹에서 소위말하는 한 자리를 차지하기도 더 쉬울 것이라는 생각을 하였다.

부잣집 며느리가 되면서 부자가 되는 것도 좋지만 역시자신의 지위 자체가 올라가서 부자가 되는 것이 더 매력적이라 할 수 있었기 때문이었다.

물론 모든 전제는 그 임원의 아들이라는 남자가 그녀를마음에 들어 할 때의 이야기였지만 신애린은 자신이 있었다.

❖

1,000여명의 신입사원들은 작게는 1조부터 20조까지

50명의 조단위로 나누어 소규모 수업을 듣고 있었고, 크게는 가, 나, 다, 라의 네 개의 반으로 나누어져 250명 규모의 대규모 수업을 듣고 있었다.

그렇기 때문에 반이 다르면 한 달 내내 얼굴 한번 마주치지 못하고 연수원을 마치는 경우가 있을 수 있었다. 전체가 모이는 날은 입소식과 퇴소식 뿐이었으니 말이다.

다만 오늘 같이 외부 인사의 초청 강연이 있는 경우는 예외적으로 전체가 모이기도 하였다.

오늘은 KM 그룹에서 신입사원들을 위해 사회적으로 성공한 유명인사를 초청하여 릴레이 강연을 들을 수 있는 자리를 만들었다.

4명의 명사를 초청하였는데 어느 한 분야에 치중한 것이 아니라 다양한 분야에서 인선을 하였다.

프로젝트를 구성하고 팀을 이끄는 리더로서의 역할을 위한 강성욱 영화감독, 이윤근 야구감독의 강연부터, 자신의 분야에서 재능과 열정을 가지고 성공한 사람의 사례를 위한 피아니스트 최설아, 연기파 배우 김진일까지 다양한 스펙트럼의 사람들로 구성된 강연이었다.

오전, 오후로 나눠져 하루 종일 강연만 들었는데 부르기 힘든 사람들이라서 그런지 반으로 나눈게 아니라 1,000명이 다 수용이 가능한 대강당에서 모두 모여 강연이 진행되었다.

한 달을 계획한 그룹 연수도 20여일이 지나 막바지로 가고 있어 신입사원들의 수업집중도는 다소 떨어져 있었는데, 보기 힘든 외부 인사들의 강연에 신입사원들은 간만에 초롱초롱한 눈을 빛내며 강연에 집중하였다.

　강성욱 영화 감독부터 첫 강연을 시작했다. 강성욱 감독은 '역전 앞', '거자필반' 등 작품성 있는 영화 뿐만 아니라 '피의 왕좌', '토네이도' 등 상업적인 블록버스터 영화까지 성공을 거둔 한국 영화사에서 작품성과 흥행성을 동시에 잡은 몇 안되는 유명 감독 중에 하나였다.

　그는 강연에 익숙했는지 천여명이 모인 자리에서도 전혀 긴장하지 않고 자연스럽게 강연을 진행했다.

　"그러니까 친구들 두 세명이서 독립영화를 만드는 것이라면 모르겠지만 수십 수백명이 함께하는 큰 프로젝트의 영화를 하는 상황이라면, 리더는 단지 앞만 보고 가면 되는 것이 아니라는 겁니다. 앞에 녹색 티셔츠 입은 분 아까 제가 뭐라고 그랬죠?"

　강성욱의 지적을 받은 연두색 티셔츠에 청바지를 입은 남자 신입사원이 갑작스러운 지적에 우물쭈물하며 대답하지 못했다.

　그런 신입사원의 모습에 빙그레 웃음을 짓더니 강성욱은 말을 이었다.

　"제 강의가 재미가 없었나 보네요. 집중을 안하는 학생이 있는 걸 보니 말입니다."

그가 그렇게 말을 하자 청중석 군데군데에서 아니라는 목소리가 터져나왔다.

"하하하. 농담입니다. 여하튼 아까 하던 말을 이어서 하면, 리더는 앞을 보고 방향만 지시한다고 리더가 아니라, 자신이 리딩해야하는 사람들을 그 목표로 했던 곳까지 이끌어가는 것이 리더라고 생각합니다. 다들 아시겠지만, 우리나라 영화판이 많이 열악합니다. 스텝이나 엑스트라들은 아직도 최저 생계비조차 못 받고 일하는 경우가 많습니다. 제가 영화판에 처음 뛰어들었을 때도 그랬어요."

강성욱 감독은 영화판의 제일 밑바닥부터 시작해서 지금의 위치까지 올라왔기에 자신의 경험을 통해 이렇게 말을 할 수 있었다.

처음부터 잘나갔던 사람이 영화판의 열악함을 이야기했다면 거부감이 들었을 것이나 밑바닥에서 올라온 사람의 이야기라 진정성이 있었다.

"그래서 저는 철칙이 있어요. 다들 아시겠지만 저는 연출료를 따로 받지 않습니다. 배우들처럼 러닝개런티만 받죠. 그리고 주조연 배우들도 다른 영화들에 비하면 고액 출연료를 주지 않습니다. 물론 그들도 보상은 있어야 하니 러닝 개런티는 나가지요. 뭐 저도 처음부터 그랬던 건 아니죠. 지금 먹고 살만하니 그렇게 한 거고, 제 인지도가 있으니 배우들이 모이고 그런 선순환이 생긴 거죠."

목이 말랐던지 강성욱은 잠시 물 한 모금을 마시더니 말을 이었다.

"그렇게 아낀 돈으로 뭘 했냐하면, 스텝들 월급을 올렸습니다. 최저임금도 못 받거나 간신히 최저임금 정도 되는 스텝들에게 정기적으로 중소기업 정도의 월급은 지급했어요. 그러니 어땠을 것 같습니까? 앞에 여자분, 어땠을 것 같아요?"

강성욱의 지적을 받은 여사원은 부끄러워하면서 기어들어가는 목소리로 말했다.

"조…… 좋아 했을 것 같은데요……."

"하하하. 그렇죠. 스텝들은 당연히 좋아했죠. 문제는 투자자지요. 투자자들은 제가 헛돈을 쓴다고 많은 질타를 했습니다. 만약 그렇게 개봉한 영화의 성적이 좋지 않았다면 저는 그 다음부터 투자자금을 모으기가 힘들었을 것입니다."

강성욱은 잠시 말을 끊고 강연을 지켜보는 신입사원들의 시선을 집중시켰다.

"하지만! 그렇게 월급은 받은 스텝들의 능률이 그리고 성과가 제 생각보다 훨씬 더 높게 나타났어요. 영화를 찍으면서 생계를 걱정하는 것이 아니라 먹고 살만 하니까! 영화를 찍는데 급급한 것이 아니라 스텝들 각자가 스스로 아이디어를 내고, 그런 아이디어를 받아주니 디테일 하나 하나마다 더 좋은 아이디어가 나왔다는 것이죠. 그렇게 나온 영화가 '피의 왕좌'였습니다."

피의 왕좌는 2010년에 만들어진 영화로 2014년 명량이 1,600만 관객을 찍기 전까지 1,500만 관객으로 부동의 국내 관객수 1위를 차지하고 있던 영화였다.

"그 때부터 저는 제 스스로 생각하는 리더의 역할을 바꾸었습니다. 그 전까지는 리더는 목표를 위해서 조직을 이끌고 그 목표를 위해서라면 조직의 구성원들이 다소 희생되더라도 어쩔 수 없다고 생각했지요. 하지만 그 일 이후로는 리더가 조직 구성원을 희생시키면서 끌고가지 않아도, 명확한 비전만 제시해주면 조직 구성원 개개인이 알아서 움직여 목표를 달성할 수 있다는 것을 알았습니다. 물론 당연히 그들이 그렇게 알아서 움직일 수 있는 최소한의 환경은 마련해 주어야겠지요. 여기서는 그게 최소한의 임금과 복지겠지요."

약간 힘을 주며 말했던 강성욱은 다시 물을 한 모금 마시며 템포를 죽이더니 말을 이었다.

"여러분들도 지금은 신입사원이지만 얼마 지나지 않아 대리, 과장, 차장, 부장이 되겠지요. 누군가는 이사의 자리에도 오를 것입니다. 그 때 지금 제가 했던 말은 한번쯤은 떠올려 보세요. 내가 너무 강압적으로 조직원들을 대하고

있지는 않는지, 그리고 조직의 목표달성을 위해서 조직구
성원들을 희생시키고 있지 않는지 말입니다. 물론 제 말이
정답은 아닙니다. 다른 상황에서 있는 사람은 다른 생각을
하겠지요. 하지만 제가 나름 영화판에서는 이름 있는 사람
아닙니까? 하하하. 어느 분야나 그 분야에서 성공한 사람
의 말은 한 번 쯤은 귀담아 들을 필요가 있다 생각합니다.
이거 제가 너무 제 얼굴에 금칠을 하는 것 같아서 부끄럽
네요. 여튼 여기서 강연을 마칩니다. 감사합니다."

　짝짝짝짝~~

　강성욱의 인사와 함께 열화와 같은 박수갈채가 쏟아졌
다. 강성욱이 손을 흔들며 내려간 뒤에는 피아니스트 최설
아가 이어서 연단에 섰다.

　그녀 역시 동양인이 그다지 대접받지 못하는 클래식 음
악계에서 동양인이라는 편견을 극복하기 위해서 얼마만큼
의 노력을 했는지에 대해서 강연을 하였다.

　하지만 최설아는 강연 경험도 그리 많지 않았고, 나이
역시 그리 많지 않아 처음 강성욱과 같은 호응은 없었다.

　강성욱 감독은 초반 청중들의 시선을 끌어 모으기 위해
서 영화판의 뒷이야기 등의 가십거리를 이용하였는데, 최
설아는 아직 그런 강연 기술까지는 없었기 때문이었다.

　점심 식사를 하고 시작한 강연은 연기파 배우 김진일이
었다. 김진일은 스타가 되기 전에 엑스트라부터 시작하여

단역만 줄줄이 맡아 어려웠던 자신의 과거를 위트있게 이야기 하며 좋은 분위기를 이끌었고, 준비된 자가 기회를 잡는다는 결론으로 강연을 마무리 하였다.

오늘의 마지막 강연은 전 야구감독 이윤근이었다. 건강상의 문제로 지금은 현장에서 떠나 있었지만 한국시리즈 7연패에 빛나는 그의 업적은 한국 야구사에서 누구도 따라올 수 없는 대단한 일이었다.

이윤근 감독은 강연에서 팀을 구성하는 법부터, 능력이 떨어지는 조직원을 능력을 향상시키는 법, 조직 내의 불화를 이기는 법 등 야구 경험에서 우러난 진지한 조언들을 신입사원들에게 전해주었다.

그는 뉴욕 양키즈의 전설적인 명 포수 요기베라의 명언을 끝으로 강연을 마쳤다.

"야구를 모르는 분들도 요기 베라는 많이 알고 있더군요. 가장 유명한 말이 끝날 때까지는 끝난 게 아니다 라는 말이지요. 하지만 저는 개인적으로 그 말보다는 어디로 가는지 모르고 있다면 결국 원치 않은 곳으로 가게 된다는 말을 더 좋아합니다. 리더는 지금 조직의 상황이 어떤지, 조직 외부의 상황이 어떤지를 항상 살펴서 지금 우리 조직이 어디로 가는지 알고 있어야 합니다. 그렇지 않다면 원하지 않는 곳으로 가게 될테니 말입니다. 이만 마치겠습니다. 혹시 질문 있으신가요?"

이윤근 감독은 큰 기대 없이 예의상 질문이 있냐는 이야기를 던졌다. 사실 소규모 강연도 아니고 이런 대규모 강연장에서 그것도 릴레이로 이어지는 강연의 마지막 강연이라면 질문이 나오는 경우는 거의 없었기 때문이었다.

하지만 뜻 밖에도 앞에서 네 번째 줄 가운데에 앉아 있는 남자 신입사원이 손을 들고 질문할 의사가 있음을 밝혔다.

"네, 질문 하세요. 저기 진행하시는 분은 저 분께 마이크 좀 전달해 주시구요."

진행요원이 서둘러 남자 신입사원에게 마이크를 전달하자, 마이크를 받은 신입사원이 자리에서 일어났다.

앉아 있을 때는 몰랐지만 의외로 큰 키에 다부진 체격을 한 신입사원은, 그리 길지 않은 머리를 깔끔하게 정리한 스타일에 다른 사원들과 마찬가지로 비즈니스 캐주얼이라 불리는 복장을 입고 있었다.

"안녕하십니까, 감독님. 저는 이번에 KM 그룹 신입사원으로 채용된 장찬영이라고 합니다. 다름이 아니라 오늘 강연에서 리더의 자격과 조건, 그리고 책임에 대해서 많은 것을 배웠습니다. 비단 감독님께 뿐만 아니라 오전에 왔던 강성욱 영화감독님 역시 리더에 대해서 많은 이야기를 해 주셨습니다."

여기서 잠시 이야기를 끊고 좌중을 둘러보았다. 여러 사람들의 집중에도 분위기를 이끌어내는 모습이 장찬영은 이런 시선들을 받는데 익숙한 것처럼 보였다.

"그런데, 궁금한 것이 있습니다. 지금 감독님께서는 능력이 안 되는 조직원이라도 리더의 능력으로 그 조직원의 능력을 향상시켜 조직에 기여하게 하는 것이 중요하다고 하셨습니다. 하지만 리더가 조직원 하나하나에 매어서 그들의 개선시키려고 노력하다가 결국 조직의 궁극적인 목표를 달성하는 것에 집중할 수 없게 된다면 더 큰 문제가 되는 것이 아닙니까? 즉, 조직의 대의를 위해서는 조직원 한 두명 정도는 희생 시킬 수도 있어야 하는 것 아니냐는 말입니다."

장찬영의 질문에 이윤근은 잠시 생각하더니 대답을 했다.

"좋은 질문입니다. 결국 대를 위해서 소를 희생할 수 있느냐에 관한 이야기 인 것 같습니다. 일반적인 경우라면 사람들은 당연히 대를 위해서 소를 희생하여야 한다고 생각할 것입니다. 하지만 만약 본인이나 가족이 대가 아닌 소에 들어간다면 어떨까요? 기계적인 대응을 한다면 본인이건 가족이건 희생을 해야 한다는 대답을 해야겠지만, 사람이라면 그렇지가 않지요. 본인이 그 상황에 든다면 반발하는 것이 인지상정일 것입니다."

이윤근의 말에 질문을 했던 장찬영 역시 다른 신입사원들과 마찬가지로 고개를 끄덕이며 동의를 표했다.

"조직마다 목적이 다르고 상황이 다르고 조직구성원이 다를 것이기에 제가 하는 말은 모든 조직에 동일하게 적용할 수 있는 말은 아닐 겁니다. 다만 드리고 싶은 말씀은 희생에 따른 보상은 반드시 필요하다는 것입니다. 조직의 목표를 위해서 한 두명을 희생해야한다면, 그 희생하는 사람에게는 반드시 그에 상응하는 보상을 해주어야 할 겁니다."

이윤근은 잠시 말을 멈추고 청중들을 보며 그의 말이 받아들여지는지 확인했다. 그리고 이내 말을 이었다.

"그 보상은 희생하는 사람들을 위해서 하는 것이 아닙니다. 남은 사람들을 위해서 하는 것이지요. 만일 희생자가 아무런 보상 없이 희생을 당하게 된다면, 남은 사람들은 언제고 자신도 그런 상황이 되면 조직으로부터 아무 대가 없이 버림받을 수 있겠다고 생각할 것입니다. 그런 생각을 하게 된다면 조직구성원들이 열과 성을 다하여 조직의 목표를 이루기 위해 일할 생각이 들지 않게 되는 것은 당연한 귀결이겠지요. 그렇기 때문에 희생자에게도 보상이 필요하다는 것입니다."

한참 이야기 한 이윤근은 옆의 물병을 들어 목을 축이고 다시 이야기를 이어갔다.

"사실 야구인인 제가 이런 말을 하는 것은 상황에 맞지 않을 수도 있습니다. 아시겠지만 야구판은 보통 필요가 없어진 선수에 대해서 보상이 가장 박한 조직 중의 하나이니 말입니다. 하지만 그 뒷면을 보면 그런 선수에게 은퇴이후 해외연수나 코치를 보장하는 등 희생자에게 대우를 해주려고 노력하는 부분은 있습니다. 아까 제가 말할 것과 같은 이유에서 말입니다. 대답이 되었습니까?"

이윤근은 질문한 장찬영을 보고 되물었고, 다른 주제로 장찬영은 몇 차례 더 질문을 하였다. 몇 차례의 질답이 이어지니 처음에 집중하던 신입사원들도 슬슬 집중이 풀어지기 시작하였다.

가장 뒷줄에 앉아있는 신애린 역시 마찬가지였다. 신애린은 야구를 잘 몰라 이윤근이 누구인지도 몰랐기에 더 강연에 집중하지 못하고 있었다.

그 때 그녀의 귀에 연수원 직원들의 대화가 들렸다. 강연을 진행하는 연수원 직원들이 그녀의 뒤에서 이야기를 나누고 있었던 것이었다.

"저 친구가 그 친구지? 신입사원치고 주눅 들지 않고 말하는 게 여간내기가 아닌 것 같단 말야."

"그래, 저 친구가 장실장님 아들이라더군. 말하는 것 보니 장실장님을 빼다 박았어. 여튼 대단하긴 대단하더라고. 프로필을 보니 스탠포드 출신이던데 당시 집안 형편이 어려워 학업을 포기 할만도 했을 텐데 스스로 학비를 해결하면서까지 졸업했다더군."

"하긴 당시에 태성그룹이 무너지면서 생활비는커녕 학비도 완전히 끊겼을 텐데 졸업하고 한국에 넘어온 것을 보니 대단하긴 하네. 그런데 장실장님은 찬영군이 여기 지원한 걸 알고 계셨다던가?"

"신입사원 채용이후에 알았다는 군. 어차피 장실장님이야 계열사별 사업 조정과 신규사업발굴만 해도 정신이 없으시니 말이야. 채용이후에 인사팀장님이 보고 했다던 것 같던데."

"여튼 찬영군도 아버지가 그룹 전략기획실장이니 탄탄대로긴 하겠어. 허허허."

한 직원의 다소 큰 웃음소리에 몇몇 신입사원들이 뒤를 돌아보자 연수원 직원들은 서둘러 말을 마치고 자리를 옮겼다.

하지만 바로 앞에 앉아있던 신애린은 이미 필요한 정보를 다 들었다.

'임원 아들이 찬영 오빠였어? 계획을 바꿔야겠네.'

장찬영은 지금 신입사원 대표를 맡고 있어 그를 모르는 신입사원은 없었다. 신애린 역시 훤칠하고 학벌도 좋은 그에게 호감이 있었으나 집안이 망했다는 이야기를 듣고 나서부터는 관심을 끊었었다.

하지만 이런 정보를 들었으니 당연히 그녀의 태도는 달라 질 필요가 있었다.

❖

어느 덧 그룹 연수가 마무리 되는 시점이 되었다. 신입 사원들이 연수원에 들어온 지 한 달이 되었다는 말이었다.

마지막 수업까지 모두 마치고 방에 들어온 박소영이 기지개를 펴며 말했다.

"아~ 이제 지겨운 비스니스 예절이나 고객 서비스 교육 같은 건 안 받아도 되겠네~."

박소영의 말에 옆에 있던 강서영이 그 말을 받았다.

"언니는 지겨웠어요? 난 재밌던데."

"엑? 그게 재밌었어? 지루하기 짝이 없던데."

"그런가? 그럼 협동심을 위한 도미노 쌓기나 창의력 개발 훈련 같은 건 어땠어요?"

"그건 그래도 나름대로 재미있긴 하더라."

"그쵸? 전 정말 재미있더라구요. 그런 교육이라면 또 받고 싶네요. 헤헤."

"뭐? 또 받긴 뭘 또 받어. 생각만 해도 지겹다. 난 빨리 나가서 일하고 싶어 일."

일을 하고 싶다는 박소영의 말에 강서영은 빙그레 미소를 지으며 그녀에게 말했다.

"교육을 또 받고 싶기도 하지만 이제 언니들하고 떨어진다고 생각하니 기분이 좀 그래서요. 여기서 계속 교육 받으면 좀 더 같이 있을 수 있잖아요. 이제 계열사 연수로 가서 서로 떨어진다면 언제 볼지도 모를건데 말이에요."

이런 집단생활은 처음이었기에 강서영은 무척이나 재미있어하며 연수원에 잘 적응했고, 신애린을 제외한 방의 멤버들과 매우 친해졌다.

어디서나 사랑받는 강서영의 성품이 여기에서도 잘 드러났기 때문이었다. 하지만 대놓고 모두와 친해지려 하지 않는 신애린은 그녀로서도 어쩔 수 없었다.

강서영의 말에 박소영 역시 약간 기분이 가라앉았는지 다소 힘이 빠진 목소리로 대답을 하였다.

"그래, 나도 한 달간 같이 동고동락 했던 사람들 하고 헤어진다고 생각하니 기분이 이상하긴 해."

그런 박소영의 말에 옆에 있던 김진아가 약간 놀리듯이 말했다.

"그래도 언니는 계~속 같이 할 사람 생겼자나요~."

김진아의 말에 박소영은 부인하지 못하고 얼굴을 붉히며 대답했다.

"뭐…… 그렇긴 하지……."

한 달간 남녀가 같은 곳에서 생활하고 지내다 보니, 자연스럽게 눈이 맞는 남녀, 즉 커플들이 생겼다. 여기 연수원도 예외는 아니었기에 많은 신입사원 커플들이 탄생하였다.

물론 이 커플들이 계열사 연수를 가고 실제 부서에 배치받고 나서까지 그런 연인 관계를 계속 유지한다는 보장은 없었다.

보장은커녕 아마 대부분의 커플들이 부서에 배치 받고 나면 각종 이유들로 인하여 헤어지는 경우가 더 많을 것이었다.

그러나 불나방 같은 청춘들은 그 순간 좋으면 좋은 것이었고 뒷일까지는 생각하지 않는 경우가 많았다. 오히려 자신들은 영원할 것이라고 믿는 커플들이 더 많을 것이다.

그것이 젊음의 오만이었고 그렇게 생각할 수 있는 것이 젊음의 특권이었다. 또한 대부분 헤어진다는 말은 전부가 헤어지는 것은 아니라는 말이었다. 몇몇은 그 대부분에 속하지 않고 끝끝내 사랑을 이루어 내는 커플도 있을 것이다.

강서영의 방에서도 남자친구를 만든 승리자가 탄생하였다. 김진아가 말하듯이 박소영이 그 승리자였다.

반별 체육대회에서 2인 3각 경기를 하다가 같이 한 남자 신입사원과 눈이 맞았던 것이었다.

그리고 다행스럽게도 그녀의 남자친구는 자신이 갈 계열사인 KM 마트에 같이 지원했기에, 그룹 연수를 마치고 나면 나머지 한 달간의 계열사 연수도 같이 받을 수 있게 되었다.

"언니는 좋겠네~ 남자친구도 있고~ 그 남자친구랑 같이 있을 수도 있고~ 축하해~"

다소 리듬을 넣으며 부러움 반 비아냥 반으로 김진아는 박소영을 축하하였다.

"애, 말이 좀 삐딱한 것 같다?"

"삐딱은 무슨 부러워서 그러죠."

"진짜지?"

"진짜에요~ 속고만 살았수, 언니?"

"그래 믿어줄게. 호호호. 그건 그렇고 서영이 너 진짜 만나볼 생각 없어?"

자신의 남자친구의 같은 방 동기가 강서영이 마음에 든다고 자리를 만들어 달라는 말을 몇 번이나 하였고, 박소영은 자신감 있게 강서영을 소개시켜준다고 했었다.

하지만 강서영 아직 남자 만날 생각이 전혀 없었고, 마음 한 구석에는 떠올릴 때마다 이상한 기분이 드는 최강훈이 자리하고 있어서 그 제안을 거부하고 있었다.

그래서 박소영의 그런 말에 불똥이 자신에게 튄 것처럼 깜짝 놀라며 강서영은 손사래를 쳤다.

"아. 언니, 그 이야기는 안하기로 했잖아요. 아직 남자에 관심이 없다구요."

"23살에 남자에 관심이 없으면 언제 있으려고 그래. 이제 곧 24살이잖아. 여자 나이 크리스마스 지나면 그때부터 감가상각이야. 감가상각. 무슨 말인지 알지?"

"크리스마스요? 무슨 말이에요?"

"25살이 최고점이란 말이지. 26살부턴 슬슬 가치가 하락한다구. 그러다가 달력에서 없는 숫자 나오면 끝이지 끝!"

"아. 32살부터는 끝이라는 말인 거에요? 비유가 재미있네요. 히히히."

"그래. 그러니 그전에 괜찮은 남자 만나서 시집가야지. 그 친구 괜찮아 보이던데 진짜 한번 만나기나 해보지 그래?"

"헤헤. 진짜 괜찮아요."

강서영이 귀여운 웃음을 지으며 계속 거절하자, 갑자기 옆에 있던 김진아가 박소영에게 말했다.

"언니! 해달라는 나는 안 해주고 하기 싫다는 서영이만 잡고 그래요? 전 이미 크리스마스도 지났다구요~ 나 해줘요 나~~"

"아…… 그……그게…… 말은 해봤는데……."

눈이 작고 턱이 약간 튀어나온 김진아는 평범보다는 약

간 못생긴 편이라 그리 인기 있는 외모의 소유자는 아니었다.

그녀도 자신의 그런 모습을 알고 있기에 전에도 단지 농담 삼아 소개팅을 이야기 했었고 별로 기대도 하지 않았다.

하지만, 자신의 앞에서 싫다는 강서영을 계속 소개시켜 주려는 박소영을 보니 뿔이 나서 이렇게 강하게 말을 하였다.

박소영의 당황스러워 하는 모습에 내심 한숨을 쉰 김진아는 혼잣말처럼 투덜거렸다.

"에이 참. 나도 성형을 하던가 해야지 원. 못 생긴 사람은 서러워서 살겠나."

김진아의 자조적인 말에 박소영은 더 당황해하며 그녀를 다독거렸다.

"아니야 네가 못생겼다고 누가 그래. 단지 스타일이 다른 거지 스타일이. 너 성격 좋다고 좋아하는 남자들도 많다더라."

"언니, 애써 달래지 마요. 나도 내 모습 안다구. 지금은 학자금 대출 갚는다고 성형은 생각도 못하지만 내년까지 그거 다 갚고 나면 꼭 성형하고 말꺼에요."

"그래 잘 생각했어. 너 성형해서 이뻐 지고나면 달라붙는 남자들 꼭 뻥 차버려~"

달래주려는 박소영의 말에 어디선가 이가 뿌드득 갈리는 소리가 나더니 김진아가 한 템포 늦게 말을 하였다.

"……언니. 아까 전엔 못생기지 않았다고 하지 않았어요?"

"아! 그……그게…… 어? 남친 전화다. 미안~"

미안하다는 말과 함께 박소영은 방을 나서서 전화를 받으러 베란다로 나갔다. 그런 그녀의 모습을 본 김진아는 다시금 성형에 대한 욕구를 불태웠다.

그녀들의 그런 모습에도 신애린은 묵묵히 내일 떠날 준비로 자신의 짐을 꾸렸다. 어차피 계열사 연수를 가면 강서영 말고는 다시 볼 사람도 없었기 때문에, 강서영에게는 가끔 필요한 말을 붙였으나 다른 사람들과는 말조차 섞지 않았다.

그녀 역시 처음부터 그런 것은 아니었다. 다른 멤버들과 급은 다르다 생각했지만 굳이 왕따를 자처할 필요가 없었기에 표면적으로는 어울리려고 하였다.

하지만 성격이 직설적인 박소영이 그녀의 그런 모습을 지적하며 말을 꺼냈고, 다소 목소리를 높인 언쟁을 벌인 이후로 그녀는 방 멤버는 아예 상대하지 않겠다고 마음먹었고 그렇게 행동하였다.

오히려 그 이후에 만난 F5의 멤버들과는 베스트 프렌드처럼 친해져서 이런 저런 이야기를 다 나누는 사이가 되었다.

F5의 멤버들은 그녀와 친구가 될 만한 '급'이 된다고 생각했기 때문이었다. 물론 그중에 최고는 신애린 자신이라고 생각했지만 말이다.

하지만 그녀에게는 안타깝게도 F5 중에서 KM 그룹 지주로 가는 것은 자신 혼자뿐이었다. 나머지는 KM 마트나, KM 전자 등 다른 계열사로 가서 계열사 연수에서는 만날 수가 없었다.

'어차피 상관없지. 찬영 오빠만 잡으면 될 거니 말이야. 근데 그 오빠도 진짜 철벽이네. 나 같은 미인이 들이 대는데도 반응이 없다니…… 눈치를 못 채는 건가?'

신애린은 강연 이후 장찬영을 꼬시는데 많은 공을 들였다. 하지만 장찬영을 노리는 사람은 그녀뿐만이 아니었다.

임원의 아들이라는 사실은 몰라도 좋은 학벌에 신입사원 대표로 리더십까지 보이고 있어 이미 많은 여성들이 그에게 접근을 하고 있는 상황이었다.

하지만 장찬영은 신애린을 포함한 그 모두에게 관심을 보이지 않고 있었다.

'뭐, 어차피 오빠도 그룹 지주에 지원했으니 계열사 연수에서도 기회는 있겠지. 연수 끝나기 전엔 내 남자가 되겠지.'

떡 줄 사람은 생각도 안하는 데 김칫국부터 마시는 신애린이었다.

그룹 연수가 끝나고 계열사 연수가 시작되었다. 계열사 연수는 전체가 모두 동일한 교육을 받는 그룹 연수와는 달리 계열사 별로 교육의 내용이 상이하였다.

또한 그룹 연수 때 1,000여명이 넘는 연수원 인원은 계열사 연수로 넘어가자 200여명 정도 밖에 남지 않았다. 대부분은 회사 인근의 소규모 연수원으로 넘어갔기 때문이었다.

몇몇 계열사는 여전히 이 연수원에서 교육을 하였으나, OJT(On the Job Training), 즉 현장에서 실습으로 일을 배워야 할 필요가 있는 계열사는 계열사 본사 인근의 소규모 연수원에서 OJT와 집합 연수를 병행하여 연수를 진행하였다.

KM 마트가 대표적으로 OJT가 필요한 회사였다. 아무리 이론에 빠삭하다 하더라도 실제 현장에서 제품의 진열 상태를 보고 고객들을 만나지 않으면 알 수 없는 것들이 많았기 때문이었다. 물론 다른 계열사 역시 이론과 실제는 다를 것이지만 KM 마트는 특히 실전이 중요한 회사였다.

반면, KM 그룹 지주가 대표적으로 연수원에 남아서 계열사 연수를 받는 회사였다.

그룹 연수가 조직문화를 익숙하게 하고 비즈니스맨의 기본 소양을 익히는 것에 초점을 두고 이루어진다면, 계열사 연수는 본격적으로 각 계열사들의 디테일한 업무에 대해서 공부를 하는 시간이었다.

물론 연수원에서 배우는 내용과 실제 현장에서 사용되는 지식은 차이가 있을 것이다. 하지만 그런 간극을 최소화하기 위해서 OJT까지 진행하면서 신입사원들이 조직에 적응하는 시간을 최소화시키기 위해 많은 회사들은 노력하고 있었다.

강서영이 속해있는 KM 그룹지주는 그룹의 컨트롤 타워인 지주회사이다 보니 소위 말하는 엘리트 신입사원들이 많이 있었다. 즉, 많은 신입사원들이 좋은 학벌에 좋은 스펙을 갖추고 있었다. 그렇다 보니 계열사 연수의 수업 수준도 상당히 높은 수준으로 진행되고 있었다.

하지만 일종의 낙하산으로 그룹지주에 들어온 강서영과 김세나는 수업을 따라가기 약간 버거운 감이 없지 않아 있었다.

둘 다 국내 최고대학인 한국대학을 나올 정도로 머리 자체는 좋았지만 전공이 불문과이다 보니 4년간 비즈니스와는 전혀 관련이 없는 공부를 하였기 때문이었다.

특히, 아무래도 취업준비 자체를 하지 않았던 강서영은 기본적인 비즈니스 용어에도 익숙하지 못해 많은 실수를 하고 있는 실정이었다.

오늘도 비즈니스 회계와 재무제표라는 회계 관련 수업을 하는데, 불문과였던 강서영은 용어자체가 이해가 안가며 헤매고 있었다.

김세나는 취업준비를 해서 그나마 용어나 기본 개념은 알고 있어 혼란이 덜 했는데 강서영은 완전히 헤매고 있었다.

그런 강서영에게 도움의 손길이 다가왔다. 늘 그래왔듯이 장찬영이었다.

그룹 연수 시절부터 두각을 드러내며 신입사원 대표까지 맡은 장찬영은, 계열사 연수에서도 특유의 리더십으로 신입사원 대표를 이어서 하고 있었다.

신입사원 대표이다 그룹 연수 때부터 동기들의 어려움을 해결해 주는 일이 종종 있었는데 계열사 연수에 와서도 전과 같은 맥락에서 어려움을 겪고 있는 강서영에게 많은 도움을 주고 있었다.

강서영이 몇몇 수업에 잘 따라가지 못하는 모습을 보였기에, 장찬영이 많은 부분에서 그녀를 가르쳐 주고 있었던 것이었다.

강서영이 계열사 연수에 들어온 이후로 벌써 그런 도움을 받은 것이 횟수로만 해도 다섯 번이 넘었다.

"서영아. 또 이해 안가는 부분이 있어?"

"제가 회계는 완전 젬병이라서요. 회계 수업만 나오면 항상 막막하네요. 에휴……."

"이번엔 어디서 막히는데?"

"당기순이익의 세무조정 항목에서 막히네요. 익금산입, 손금산입 같은 용어들도 너무 헷갈리구요."

"아. 그거는……."

신입사원 연수라 회계의 깊은 부분까지는 들어가지 않았지만, 불문과다 보니 회계의 문외한인 강서영이 한 번에 알아듣기는 조금 힘든 부분이 있는 내용이었다.

장찬영은 그런 강서영의 옆에 앉아서 그녀가 어려워하는 부분을 알아듣기 쉽도록 설명을 하였다.

강서영도 한국대에 들어올 정도로 기본적으로는 머리가 좋았기 때문에 장찬영의 설명을 듣고 나니 모르던 부분을 이해를 하는 것에 큰 어려움은 없었다.

이런 강서영과 장찬영을 보는 질투의 시선들이 있었다. 사실 장찬영은 그룹연수 때부터 인기가 있었지만, 다른 인기 있었던 신입 남자직원들과는 다르게 아직도 여자친구를 만들지 않아서 노리고 있는 여자 신입사원들이 많이 있었다.

물론 신애린을 제외한 다른 여자 신입사원들은 장찬영이 임원의 아들인 것까지는 모르고 있었으나, 외모나 스펙이나 어느 것 하나 빠지지 않는 장찬영은 임원의 아들인 것을 제외하더라도 인기가 있을만한 요소들을 많이 가지고 있었다.

그렇게 장찬영을 노리는 여자 신입사원들이 보기에는 매번 별로 어렵지도 않는 수업내용을 모르는 척하며 장찬영에게 달라붙는 강서영이 못마땅해 보였다. 특히, 신애린의 시선이 그 질투의 시선 중에서도 가장 강렬하였다.

'저게 또 저러네. 혹시 쟤도 찬영오빠가 장실장님 아들인 걸 알고 그러는 거 아닐까? 그래 알고 그러는 것 같아. 그렇지 않고서야 저렇게 노골적으로 나올 리가 없지. 그룹연수 때는 그냥 순둥이인 줄로만 알았는데 여간내기가 아니네.'

신애린은 그룹 연수 때부터 장찬영을 꼬시기 위해서 갖은 노력을 해보았지만 장찬영은 요지부동이었다.

처음에는 자신의 미모를 믿고 장찬영 앞에서 자주 그의 앞에 얼쩡대며 먼저 다가와주기를 바랬지만 장찬영은 그녀에게 전혀 관심을 보이지 않았다. 그래서 나중에는 은근히 호감이 있다는 표시까지 내며 장찬영에게 다가가려 하였으나, 장찬영의 철벽은 여전했고 신애린은 굴욕만 당했을 뿐이었다.

결국 계열사 연수에 와서는 직접 고백까지 하였으나 지금은 여자에 관심이 없다는 말로 한방에 차이고 말았는데, 장찬영의 아버지가 누구인지 알고 있는 신애린이 그를 쉽게 포기할 리가 없었다. 그녀의 소유욕은 점점 더 강해지고 있는 실정이었다.

그런 상황에서 강서영과 장찬영이 가까워지는 듯 해 보이자, 신애린의 눈에는 불이 붙을 수밖에는 없었다.

한창 강서영에게 회계에 대해서 알려주던 장찬영은 옆에서 어깨를 두드리는 손길에 그쪽으로 고개를 돌렸다. 신애린이었다.

"찬영오빠 나도 막히는 부분이 있는데 좀 알려주면 안 될까요?"

"그래, 잠시만 기다려봐."

잠시만 기다리라는 장찬영의 말에 회심의 미소를 지으려던 신애린은 미소가 나오기도 전에 얼굴이 굳어지고 말았다.

장찬영은 잠시만 기다리라는 말을 전함과 동시에 앞에 있는 남자 신입사원의 등을 두드리며 하는 말을 들었기 때문이었다.

"영재야, 애린이가 모르는 내용이 있대. 좀 알려주라. 난 지금 서영이 가르쳐 준다고 말이야."

장찬영의 앞에 않은 안영재는 키 작고 안경을 쓴 전형적인 모범생 스타일로, 그는 장찬영의 말에 매우 기꺼워했다.

30명의 신입사원 중에서도 신애린의 미모가 가장 출중

하였기에 남자들 사이에서는 신애린이 여자들 사이에서 장찬영과도 같은 존재였기 때문이었다.

안영재는 신애린에게 다가서며 말했다.

"그래? 알겠어. 애린아 어디가 모르겠는데?"

"아. 다시 보니 이제 알 것 같아요. 굳이 물어봐도 되겠네요. 괜찮아요. 오빠."

신애린은 굳은 표정처럼 굳은 말투로 안영재에게 빠르게 말하며 그 자리를 서둘러 피했다. 오늘도 신애린의 장찬영에게로의 접근은 원천봉쇄 되었다고 할 수 있었다.

❖

여자에 큰 관심이 없는 장찬영은 오늘도 자신에게 고백 비슷한 이야기를 했던 여자 신입사원 한 명에게 거절의 의사를 밝혔다. 계열사 연수에서만 두 번째 거절이었다. 그룹 연수까지 포함한다면 열 번 가까이 되는 상황이었다.

사실 KM 그룹 지주사 정도 올 스펙에다가 외모까지 어느 정도 되는 여성은 자존심이 강하여 먼저 고백하는 경우조차 드물 것이었다.

게다가 그 고백이 단칼에 거절당하였으니 한동안 상처받은 자존심을 달래기 위해서라도 자신을 좋게 보지 않을 것이었다. 하지만 장찬영은 상관없었다.

'아버지께서 재기하시면서 여유가 좀 생기긴 했지만, 아직은 여자에 한 눈 팔 때는 아니지.'

과거 장찬영은 태성그룹이라는 준재벌의 회장 아들로서 방탕까지는 아니지만 꽤 즐기는 인생을 살고 있었다.

하지만, 그의 그런 삶은 태성그룹이 무너진 이후 모조리 바뀌어 버렸다. 장찬영의 아버지 장태성은 완전히 파산을 하여 장찬영에게 학비는커녕 생활비조차 보내줄 수 없는 상황이 되었기 때문이었다.

장찬영이 미국에서 지내며 학교를 다니기 위해서는 전과 같은 생활은 꿈도 꿀 수 없었다.

처음에는 단순 아르바이트를 통해서 학자금을 마련하고 자 하였으나 아르바이트의 시급으로는 스탠포드의 높은 학비를 감당할 수가 없었다. 세 달 정도 밤낮으로 아르비아트를 하였지만 그 월급으로는 생활비를 충당하기에도 빠듯했다.

그래서 장찬영은 학업을 포기하고 한국으로 돌아갈까도 고민하였었다. 하지만 장태성이 그렇게 된 상황에서 자신이라도 이 학교를 졸업해야 그나마 집을 다시 일으켜 세울 수 있는 작은 기대라도 가질 수 있는 상황이라 판단하고 장찬영은 마음을 독하게 먹었다.

단순 아르바이트로는 학비를 마련할 답이 없다고 생각한 장찬영은 일종의 사업을 생각하였다. 유학생이라 본인 명의로는 사업을 할 수 없었기에 사업의 아이디어를 제공하고 그에 따른 수익배분을 요구하는 방식을 택하였다.

장찬영이 생각한 사업은 중고차 매매업이었다. 평범한 아이템이었으나 타겟층으로 유학생만을 대상으로 하여 사업을 시작하였다.

미국은 차량이 없으면 생활자체가 불가능할 정도로 땅이 넓고 차량은 필수인 나라였다. 유학생들도 예외는 아니었다. 하지만 유학생들은 짧게는 1~2년 길게는 4~5년 뒤에 자신의 나라로 돌아가는 경우가 많았다.

물론 미국에 완전히 정착을 하는 경우도 많았지만 많은 경우에 본국으로 돌아가는 유학생이 많았고 그들을 대상으로 하여 차량을 매매하는 방법을 택하였다.

그리 특별할 것도 없는 아이템이었으나 장찬영에게는 그런 아이템에 도전해볼 만한 강점 두 가지를 가지고 있었다. 하나는 자신이 자동차에 대해서 잘 알고 있다는 것이었다.

장찬영은 경영학을 전공하고 있지만 오래 전부터 차에 관심이 많아서 고등학교 시절에 이미 자동차의 간단한 정비를 할 수 있었고, 지금은 웬만한 고장은 스스로 수리 할 수 있는 실력이 있었다. 그래서 중고차를 인수하여 저렴한 가격으로 수리를 할 수 있다는 장점이 있었다.

두 번째 강점은 인맥이 넓다는 것이었다. 태성그룹이 망하기 전까지는 학교 수업보다는 외부활동에 더 포커스를 두고 항상 많은 친구들을 만나며 많은 모임을 가져왔었다. 그런 인맥들이 충분히 이 사업에 도움이 될 수 있을 것이라고 판단했다.

결국 몇 가지 시행착오도 많았지만 장찬영은 이 사업을 통해서 학비와 생활비를 충당할 수 있었고 졸업까지 할 수 있었다.

그 후 미국에서 취직을 하려고 마음먹었던 장찬영은 아버지 장태성에게 뜻밖의 말을 듣게 되었다. 이번에 혜성처럼 등장한 KM 그룹의 전략기획실장에 장태성이 임명 되었다는 이야기였다.

물론 장태성은 아들인 장찬영에게 KM 그룹으로 입사하라는 이야기를 하려고 한 것은 아니었다. 단지 집은 이제 걱정이 없으니 공부가 더 하고 싶다면 대학원을 가도 괜찮다는 이야기를 해주려고 이야기를 꺼냈던 것이었다.

장태성의 입장에서는 아들의 공부에 대한 지원도 제대로 못해준 것이 마음에 걸렸기 때문이었다.

하지만 그 이야기을 들은 장찬영은 KM 그룹에 대해서 알아보았고, 아버지가 있어서가 아니라 그 잠재력에 높은 가치를 두고 KM 그룹에 지원하게 되었던 것이었다.

장태성의 도움을 받지 않기 위해서 사전에 아버지에게

귀국한다는 이야기조차 하지 않고 했던 행동이었다.

장태성에게 자신의 귀국을 알린 것은 KM 그룹에 합격한 이후였기에 신입사원 채용은 오로지 자신의 능력으로 얻어낸 성과였다. 어차피 스탠포드를 나온 재원이라면 어느 대기업을 가더라도 어렵지 않게 취직할 수 있는 스펙이기는 하였다.

이런 상황에서 아직 장찬영은 여자들을 만날 마음이 없었다. 어서 실무에 뛰어들어 아버지가 하는 일을 보좌하고, 언제가 될지는 모르겠지만 훗날에는 KM 그룹에서 독립하여 과거 태성그룹 보다 더 튼튼하고 거대한 기업체를 만들고 싶은 마음이 있었다.

하지만 계열사 연수에 들어온 이후 강서영이라는 여자 신입사원이 계속 눈에 들어오고 있었다.

다른 여자 신입사원들처럼 자신을 남자로 대하지 않고 단지 동기나 아는 오빠 정도로 담백하게 대하는데, 밝고 순수해 보이는 그녀의 모습이 그의 마음을 흔들고 있었다.

청순하고 귀여운 모습에 순수한 마음까지 가져 자신의 이상형에 가까운 여성이었기 때문이었다.

더군다나 장찬영의 외모와 능력을 보면 많은 여성들이 남자로 보면서 호감을 표시했는데, 강서영은 전혀 그런 것이 없어서 그가 싫어하는 속물근성이 있지도 않았다.

그래서 성공을 위해서 당분간 여자는 생각도 하지 말고 일에만 매진할 것이라는 그의 다짐조차 약간 흔들리고 있었다.

'집도 어렵다고 들었는데 이런 순수한 감성을 유지하며 살아 왔다니 대단한 아이네.'

장찬영이 들은 바로는 강서영의 집안 역시 그녀 아버지의 사업실패 이후 어려워 졌다고 하였는데, 과거 태성그룹이 무너지며 자신의 집안이 풍비박산 났던 일이 생각나며 강서영에게 좀 더 깊은 공감과 연민의 감정을 느꼈다.

사랑이라고 하기에는 이른 감정이지만 분명 호감 이상의 감정이었다.

강서영은 연수원에 들어온 후 자기 소개를 할 때, 자신의 집안 형편을 강민이 돌아오기 전의 상황으로 동기들에게 이야기를 해놓았었다.

있지 않았던 일도 아니었고 강서영의 행동 역시 그런 상황에 맞아보였기에 그녀의 말에 의문을 품는 사람은 없었다.

'그런 상황이면 저기 신애린처럼 속물근성이 강해질 가능성이 더 높은데 말이야.'

장찬영은 오늘도 자신에게 접근을 시도했다 돌아간 신애린을 보며 생각했다.

사실 장찬영은 신애린 같이 자존심이 강해 보이는 여자

가 직접 고백한 것을 거절했는데도 불구하고 자신에게 이렇게 꾸준히 접근하는 정확한 이유는 몰랐다.

하지만, 과거 태성그룹이 잘나가는 시절 그런 눈빛을 하고 자신에게 접근하는 여성들을 많이 보아왔기에 이미 그녀의 속물근성은 파악하고 있었다. 그리고 그 속물근성은 장찬영이 무척이나 싫어하는 것이었다.

아직도 장찬영을 노리고 있는 신애린에게는 무척이나 안 된 일이겠지만 장찬영이 그녀에게 넘어갈 가능성은 없어보였다.

6장. 수련

NEO MODERN FANTASY STORY & ADVENTURE

현세귀환록

6장. 수련

온통 주위가 푸른 공간에서 도복을 차려입은 20대 초반
의 남성과 몸에 달라붙는 트레이닝 복을 입은 숏컷 머리의
10대 후반의 여성이 마주하고 있었다.

벌써 한참동안 대련을 했는지 남자는 약간 숨을 가쁘게
몰아쉬고 있었는데, 그에 비해 여자는 아무렇지도 않아보
였다. 그런 남자의 기색에 여자가 약간의 비아냥을 섞은
말투로 남자에게 말했다.

"최강훈, 벌써 지친거야? 자주 쓰는 기술 몇 개만 파악
하고 나니 이젠 별거 아닌데?"

"정시아! 그만 떠들고 집중해!"

"집중 안 해도 너 정도야 이젠 가뿐해서 말이야."

"크윽……."

두 남녀 중 남자는 최강훈이었고, 여자는 실비아였다. 실비아의 말이 사실인지 최강훈은 그녀의 말에 대꾸조차 하지 못했다.

그런데 최강훈은 그녀를 실비아라는 이름 대신 정시아 라는 이름으로 불렀다.

실비아의 클랜은 루시페르를 나온 이후, 강민의 휘하로 들어갈 때까지 유니온에서도 탈퇴된 그레이울프 상태였 다. 그래서 이능의 세계에서 자신들의 이름을 걸고 활동하 기는 힘들었다.

이미 루시페르와 척을 진 상태이기 때문에 이능의 세계 에서 활동하다 루시페르에게 추적을 당할 수도 있기 때문 이었다.

물론 루시페르가 마음먹고 찾고자 한다면 그녀의 클랜 을 찾는 것이 그리 어렵지는 않았을 것이었다. 하지만 그 녀의 클랜이 몇 십년간 루시페르의 시선을 피해 숨어 있을 수 있었다는 사실이, 그녀의 클랜이 루시페르에 그리 중요 한 존재는 아니었다는 반증이 되었다.

그렇다고 해도 루시페르의 도망자들이 드러내 놓고 이 능 세계에서 활동하기는 힘들었을 것이다. 애써 찾으려 하 지는 않았지만 눈앞에 얼쩡거린다면 이야기가 다르기 때 문이었다.

가명을 쓴다고 하더라도 이미 유니온에 자신들의 마나파문이 기록되어 있기에 이능의 세계에서 활동한다면 그들이 누구인지는 바로 알 수 있을 것이었다.

그래서 실비아의 클랜은 이능세계의 일보다는 일반인들의 해결사와 같은 노릇을 하며 활동비를 충당하고 있던 실정이었다.

하지만 강민이 실비아의 클랜을 수하로 거두면서, 실비아를 포함한 그녀의 클랜원들에게 한국에서 정식적으로 활동할 수 있는 신분을 주었다.

사실 강민과 유리엘은 그들의 마나파문까지 바꿀 수 있었으나 굳이 그런 조치는 하지 않았다.

실비아의 클랜이 강민의 휘하에 있다는 것을 알게 되면 루시페르에서 어떤 식으로든 조치가 있을 것이라 생각했고, 루시페르 측에서 하는 행동을 보아서 그들 어떻게 상대할 것인지 판단하려 하였기 때문이었다.

또한 굳이 강민에게 그런 기술이 있다는 것을 유니온에게 보일 필요도 없었다.

그래서 신분 또한 유니온을 통해서 공식적으로 요청하여 받았다. 즉, 실비아의 클랜은 더 이상 그레이울프가 아니라 강민 소속의 유니온 멤버가 된 것이었다.

물론 유니온에서도 루시페르와의 관계가 있었기에 실비아의 클랜원들이 예전에 쓰던 이름을 사용하여 신분증을 만들지는 않고 모두 새로운 이름을 사용하여 신분증을 만들었다.

그렇다고 하더라도 이름의 전부를 바꾸지는 않았고, 대부분 이름을 그대로 두고 성만 바꾸는 정도의 수준으로 신분증을 새로 받았다.

다만, 실비아는 이름 전체를 바꾸기를 원했는데, 한국 출신인 만큼 이름 역시 한국이름으로 하였다. 외모 역시 한국인이었기에 외국이름보다 그것이 더 어울린다고 판단했을지도 몰랐다.

사실 그녀는 유니온에 처음 등록하는 것이라 굳이 가명을 쓸 것도 없었지만 클랜원들이 다 이름을 바꾸는 마당에 자신만 과거의 이름을 고집하고 싶지는 않았다. 어두웠던 과거와 상징적인 단절을 하고 싶었기 때문이었다.

한국 이름으로 바꿀 때, 성씨는 그녀가 한국을 떠나기 전에 사용했던 성씨인 정씨를 되살려 사용했다.

정씨가 과거에 사용했던 성씨라는 이야기를 들은 강민은 이름 역시 과거의 이름으로 하는 것이 어떻겠냐고 하였는데, 실비아는 안색마저 변하며 과거의 이름은 극구 거부하며 실비아와 비슷한 어감의 시아라는 이름을 선택하였다.

그런 그녀의 모습에 강민이 과거의 이름이 무엇이었냐고 물었는데, 실비아는 약간 울먹거리는 표정으로 안 물어

보면 안 되겠냐는 말을 하였기에 강민의 실소를 자아냈다.

여튼 이렇게 강민의 수하가 된 정시아의 클랜은 일괄적으로 KM 그룹 휘하에 있는 KM 가드에 들어가게 되었다.

강민이 이능세계의 이권에 개입하며 본격적인 활동을 하고 있는 것이 아니었기에, 강민의 수하가 된 그들도 일반세계에서 직업이 필요했다. 이런 상황에서 그들을 활용하기 가장 용이한 직업이 경호원이었기 때문에 그들을 일괄적으로 KM 가드 소속으로 만들었다.

클랜원들도 그 동안은 신분도 명확하지 않은 상태에서 용병처럼 암암리에 활동을 하여 생활비 및 혈액팩을 구해왔는데, 그 모든 것을 강민이 해결해 주었기에 별다른 불만이 없었다.

더군다나 실비아와 말론도가 강민에게 완전히 승복하여 수하로서 자처하고 있었기에, 클랜원들에게 실비아가 맺은 피의 계약을 언급하지 않아도 그들 역시 자연스럽게 강민의 수하가 되었다.

물론 어디에서나 반골 기질이 있는 사람들은 있었기에 강민이 가벼운 무력시위를 하는 사소한 이벤트는 있었다.

그렇게 KM 가드 소속으로 1달여간의 기본 경호 훈련을 거친 그들은 KM 가드의 스페셜팀으로 편성되어 요인 경호 및 침투방어 등 심화 훈련을 받을 예정이었다.

클랜 리더였던 정시아 역시 스페셜팀의 리더를 맡으며 경호훈련을 소화하고 있었다. 하지만 그녀가 강민의 본가에 가서 최강훈을 만난 이후 상황은 약간 달라졌다.

그녀가 최강훈을 만나기 전까지만 하더라도, 정시아는 깍듯이 강민을 마스터로 유리엘을 유리님이라 부르며 철저하게 수하로서 행동하였다. 하지만 최강훈이 강민과 함께 있게 된 뒷이야기를 알고 나서부터는 그 눈빛이 달라졌다.

특히, 최강훈이 강민과 함께 한지 일년도 되기 전에 C+급에서 B급까지 급성장하였다는 사실을 알게 된 이후, 자신 역시 강민과 함께 있으면 어쩌면 공작급의 뱀파이어에 오르는 그 벽을 넘을 수 있을지도 모른다고 정시아는 생각했다.

결정적으로 강민이 정시아를 가족들에게 소개할 때 돌아가신 지인의 딸이라고 최강훈을 소개할 때와 동일하게 그녀에 대한 설명을 넘어가려했던 것이 그녀가 행동을 달리하게 된 계기가 되었다.

최강훈 역시 돌아가신 지인의 제자라는 타이틀로 강민에 집에 머무르고 있었다는 것을 그녀가 이미 들었기 때문이었다.

그 이후로 정시아는 어느 순간부터 KM 빌딩 인근의 숙소가 아니라 강민의 본가에 자주 나타나며, 강민을 민이오빠, 유리엘은 유리언니라 부르면서 집에서 같이 머물기를 원하였다.

특히, 한미애를 집중 공략했는데 한미애에게 갖은 애교를 부리며 어머님이라 부르는 등 마치 친딸처럼 굴며 한미애가 자신의 편이 되도록 하였다.

한미애 역시 강서영과는 다른 스타일의 정시아가 마치 딸처럼 살갑게 굴자 그녀에게 호감을 느끼고 대해주었다.

더군다나 강서영이 KM 그룹 신입사원 연수를 받고 있느라 한 달 넘도록 그녀를 못보고 있어 이렇게 딸 같이 굴며 그녀에게 애교 공세를 부리는 정시아가 더욱 기꺼웠다.

정시아가 이런 행동을 할 수 있었던 기저에는 이런 저런 계산 보다는 단순히 강민과 함께 있고 싶어 하는 그녀의 본능이 존재하고 있었다.

그녀 스스로는 확실하게 인식하지는 못하고 있었지만 강자존의 뱀파이어 세계에 있던 정시아는, 자신의 능력으로는 감히 측정할 수도 없는 강자인 강민에게 본능적인 호감을 느끼고 있었다.

그랬기에 마스터와 수하로 이미 설정된 둘 관계를 과감하게 깨고 더 가까이 가고자하는 시도를 할 수 있었던 것이었다.

사실 정시아는 클랜 리더로서의 카리스마 보다는, 소르빈의 양딸로 있을 때부터 그런 애교에 강한 면을 보였다.

다만 소르빈을 잃고 클랜의 리더 역할을 수행하면서 그런 모습을 애써 감추고 있었던 것 뿐이었다.

하지만 지금은 강민이라는 강자에 기댈 수 있는 수하의 입장이기에 더 이상 리더라는 부담감 없이 그녀 본연의 성격을 마음껏 드러낼 수 있는 상황이 되었기에 그런 애교들이 자연스럽게 나왔다.

결국 한미애 공략에 성공한 정시아는, 한미애가 원하고 강민과 유리엘이 묵인하여 그녀 역시 최강훈, 한수아와 비슷한 명목으로 강민의 집에 같이 살게 되었다.

한편 헤이안과의 일이 있은 후 다른 일을 하지 않고 집중적으로 한동안의 폐관 수련을 마친 최강훈은, 결국 C급의 벽을 넘어 B급으로 올라섰다.

강민의 도움이 있었다고 하더라도 20대 초반에 B급의 경지에 오른 것은 엄청나게 빠른 성장인 것임에는 분명하였다.

애초에 이를 알고 강민의 옆에 있으려고 했던 정시아는 강민의 집에 머물게 된 이후 최강훈에게 대련을 요청하였다.

강민 역시 강대한 힘만 얻었지 아직은 그것을 다루는 것이 부족한 정시아와 최근 실력이 급성장한 최강훈의 대련은 각자가 얻을 것이 있으리라는 생각으로 대련을 허락 하였다.

대련을 시작할 당시에는 능력 등급의 격차에도 오랫동안 수련해온 백록원의 각종 비기들을 통하여 최강훈이 아직 전투 경험이 부족한 정시아를 손쉽게 제압하였다. 정시아와 최강훈의 등급차이를 생각하면 놀라운 일이었다.

하지만 정시아가 말론도에게서 점점 뱀파이어의 기술 및 체술을 배워 익혀가며 최강훈과의 대련을 통해서 무공에 대한 대응 방법까지 몸에 붙이자, 마나 등급이나 신체능력 자체가 떨어지는 최강훈은 그녀를 이기기가 점점 더 힘들어졌다.

결국 대련을 시작한지 열흘만에 정시아에게 역전을 당한 최강훈은 이제는 그녀를 이기는 데 초점을 두는 것이 아니라 지금은 지지 않으려고 버티고 있는 수준이었다.

그래서 지금은 정시아는 뱀파이어의 고유기술은 봉인하고 신체능력만을 가지고 최강훈을 상대하고 있었는데, 그렇게 하여도 최강훈이 이기기는 힘든 상황이었다. 신체능력과 마나량에서 워낙에 차이가 났기 때문이었다.

첫 대련 이후 한 달째인 오늘도 정시아가 사방을 번쩍이며 날아다니는 것을 최강훈이 막는데 급급한 상황이었다.

약간 힘들어 하는 최강훈에게 숨돌린 시간을 충분히 줬다고 생각한 정시아는 다시 공세를 시작하려하며 그에게 말했다.

"강훈아~ 간다~"

"오빠라고 부르라했지!"

"오빠는 개뿔~ 네가 민이 오빠처럼 강해지면 생각해볼게~!"

최강훈은 정시아가 뱀파이어 인 것을 알고 있었다. 이미 이능의 세계에 있는 최강훈에게 강민이 굳이 숨기지 않았기 때문이었다. 그렇기에 최강훈 역시 정시아가 자신보다 훨씬 많은 나이인 것을 알고 있었다.

하지만 정시아가 다른 사람들에게는 자신을 19살로 소개하면서 그 나이대의 소녀처럼 행동하며 자신을 그렇게 보아 주길 원했기에, 최강훈 역시 강민의 다른 가족들처럼 그녀를 19살 여고생처럼 대하였다.

그러나 정시아는 그런 최강훈에게 실제 나이를 내세우지는 않았지만, 유독 그에게는 오빠 대접을 해주지 않았다. 특히, 대련을 시작하고 그녀가 최강훈을 이기기 시작하면서 이런 현상은 더 심해졌다.

이는 호감가는 상대에게 그 감정을 들킬까봐 호감을 반대로 표현하는 것과는 다른 상황이었다.

사실 뱀파이어로서는 이제 갓 성인으로 인정받을 나이이지만, 이미 100여살에 가까운 정시아에게 최강훈은 한참 어리게 보이는 상황이었다.

물론 뱀파이어에게 신체적인 나이는 크게 상관없었지만, 자신보다도 약한 최강훈에게 정시아는 큰 호감을 없었다.

다만 정시아가 최강훈을 견제하면서 못 살게 구는 실제 이유는, 최강훈이 비록 강민과 형 동생하는 사이지만 최강훈이 실질적으로는 강민의 첫 번째 부하나 마찬가지인 상황이기 때문이었다.

첫 번째 부하인 최강훈이 두 번째 부하인 자신에게 텃세를 부리기 전에 자신이 더 우위에 있다는 것을 확실히 보여주어 기를 꺾기 위한 행동이었다.

유연하고 빠른 신체를 사용하여 전방위적 공격을 하던 정시아는 잠시 물러서서 마나를 끌어올렸다. 그녀는 이제 그만 대련을 끝낼 시간이 되었다고 판단했다.

"자~ 이제 마지막이야~!"

정시아의 마지막이라는 말에 최강훈은 눈을 빛냈다. 이제껏 참고 참아왔던 그녀를 쓰러트릴 마지막 공격 기회가 곧 다가올 것이기 때문이었다.

한 달 동안 그녀와 대련을 해왔던 최강훈은, 언제부터인가 그녀가 마지막이라는 말을 하고나면 좌우 고속이동으로 시야를 흐트러트린 후 가슴 쪽에 나선 형태의 장(掌)으로 공격하는 것을 마지막 일격으로 삼는다는 것을 알 수 있었다.

오늘도 정시아는 여느 때와 마찬가지로 좌우로 수십번을 고속이동하며 최강훈의 시야를 흩트리며 다가왔다.

어차피 지금 자신의 실력으로는 정시아의 이동 속도를 따라 잡을 수 없었기에 최강훈은 정시아가 최후의 일격을 노리는 그 타이밍에 맞추어 카운터를 날릴 생각만 하고 있었다.

눈 깜짝할 사이에 최강훈의 근처로 다가온 정시아에게, 최강훈은 눈을 빛내며 여태까지의 타이밍에 맞추어 추측성의 카운터를 가했다.

처음보는 공격이었다면 타이밍조차 맞추기 힘들만큼 빠른 공격이었으나 이미 이 공격에 수차례 이상 쓰러졌기 때문에 최강훈은 타이밍을 잘 알고 있었다.

보통의 공격으로는 큰 충격조차 받지 않는다는 것을 알고 있는 최강훈은 좌측으로 일보를 옮기며 전력을 다하여 마나를 실은 강한 정권을 꽂아 넣었다.

팡~!

하지만 정시아의 타이밍은 평소와는 달랐다. 최강훈의 주먹은 허공에 파열음을 내는 것으로 그 목적을 다해버리고 말았다.

퍼~억!

그리고 평소보다 한 박자 늦게 들어온 정시아의 장이 최강훈의 가슴을 때렸다. 최강훈이 예상했던 것과는 다른 타이밍이었다.

카운터를 치려다가 오히려 카운터로 가슴을 맞은 최강

훈은 자신의 힘까지 실려서 평소보다 훨씬 더 멀리 튕겨나가며 바닥을 나뒹굴었다.

'휴우…… 큰일날 뻔 했네. 역시 한방이 있는 녀석이라니까. 근성도 있고.'

정시아가 그 마지막 공격의 타이밍을 어긋나게 한 것은 그녀가 최강훈의 공격을 예측해서 그랬던 것은 아니었다.

고속이동을 하며 공격을 가하려던 마지막 순간에 무언가를 기다리고 있는 최강훈의 눈을 본 정시아는 마치 맹수가 웅크리고 있는 느낌을 받았다.

뭔가 섬뜩해서 공격의 타이밍을 한 박자 늦추지 않았더라면, 저렇게 쓰러진 것은 오히려 자신이었을 것이라는 생각을 하며 정시아는 내심 가슴을 쓸어내렸다.

최강훈이 쓰러지고 나자 이제껏 대련하는 공간을 감싸고 있던 푸른 기운이 점점 흩어지면서 둘이 대련하던 그 넓었던 공간이 점점 축소되기 시작하였다.

공간이 줄어듦에 따라 100여 미터나 나가떨어진 최강훈 역시 여전히 쓰러진 채로 정시아의 5미터 정도까지 가까이 왔다.

푸른 공간은 유리엘이 둘의 대련을 위해서 펼친 공간왜곡 결계였고, 결계를 거두자 왜곡된 공간이 바로 돌아오면서 최강훈이 가까이 온 것이었다.

이내 푸른 기운은 다 사라졌고 이제는 그 푸른 기운 때문에 잘 보이지 않은 주위가 보였는데, 익숙하게 보이는 이곳은 강민의 집 앞마당이었다.

강민과 유리엘은 마당의 벤치에 앉아서 이제까지의 대련을 모두 지켜보았는데 기절한 최강훈이 일어나지 않자 유리엘이 자리에서 일어나 최강훈에게 다가갔다.

그래도 최후의 순간에는 본능적으로 마나를 일으켜 치명상을 피했는지, 최강훈의 상처는 그리 심하지 않았다.

정시아의 공격에 살기가 없었던 것도 최강훈의 상처가 심하지 않은 이유 중의 하나였다.

여전히 기절해있는 최강훈에게 다가간 유리엘이 가벼운 웨이크닝 마법을 걸어 최강훈을 깨웠다.

"끄응……."

유리엘의 마법을 받은 최강훈은 신음성을 내며 바닥에서 상체를 일으켰다. 그런 최강훈에게 유리엘은 오른손을 들어 가볍게 그의 머리칼을 흐트러트리며 말했다.

"오늘도 졌구나. 강훈아. 호호호."

"그러게요 누님. 으윽…… 이번엔 성공시킬 줄 알았는데. 젠장."

그래도 충격이 컸는지 최강훈 신음성을 내뱉었는데, 그것보다는 최후의 일격을 성공시키지 못한 아쉬움이 더 컸는지 아까워하며 바닥을 쳤다.

그런 최강훈을 보는 정시아는 이번 그와의 일전 덕분에 자신의 버릇을 알게 되어 다행이라고 생각하면서도, 마치 자신이 알고 피한 척 최강훈을 놀렸다.

"이런 게 훼이크라고 훼이크~! 알겠냐~ 멍청아~! 그래 놓고 오빠는 무슨~ 흥!"

최강훈은 정시아의 놀림에도 반박을 하지 못하였다. 그녀의 말처럼 자신은 그녀의 훼이크에 완전히 넘어간 것이기 때문이었다. 물론 그녀의 말과 달리 그녀가 실제로 훼이크를 쓴 것은 아니었지만 말이다.

최강훈이 일어나서 다가오자 강민이 그에게 담담한 목소리로 물었다.

"어떠냐?"

어떠냐는 강민의 물음에 최강훈은 잠시 생각하다가 말했다.

"이제는 시아가 뱀파이어의 능력을 안 쓰더라도 버티기조차 힘드네요. 그간 수련을 꽤 했다고 생각했는데 아직 역부족인 것 같습니다."

계속적인 패배에 최강훈 역시 다소 답답했는지 허탈한 표정으로 질문에 대답하였다. 그런 최강훈의 표정을 본 강민이 이어서 물었다.

"네가 시아한테 이기지 못하는 이유가 무엇이라 생각하느냐?"

"아무래도 신체의 반응 속도와 마나량이 부족해서가 아닐까요?"

"그럼 만약 내가 너 정도로 신체 반응 속도와 마나량으로 제한하여 시아와 대련한다면 시아를 이길 수 없을까?"

"그……그건…… 아니겠지요……."

헤이안의 쇼군과 대결에서 본 강민의 강함을 떠올린 최강훈은 강민의 물음에 당연히 아니라는 대답을 냈다.

"그렇겠지. 그러니 네가 단순히 신체 능력과 마나량 때문에 시아에게 진다고 생각한다면 앞으로 시아를 이기기는 더 힘들 것이다."

강민의 단정적인 말에 최강훈은 약간 놀란 표정으로 강민에게 되물었다. 자신의 판단으로는 신체능력과 마나량이 패배의 주요원인이었는데 강민의 말은 그게 아니라고 하였기 때문이었다.

"그……그럼 다른 이유가 있다는 것입니까, 형님?"

"신체능력과 마나량에만 초점을 맞춘다면 시아를 이기기 힘든 것은 물론이고, 향후 마스터가 되기는 더 힘들거야."

최강훈이 꿈꾸고 있는 경지인 마스터에도 오르기 힘들다는 말에 최강훈은 다소 충격을 받은 얼굴로 강민에게 물었다.

"그럼 어떻게 해야 합니까, 형님?"

"내가 네 성장이 멈출 때마다 모든 걸 말해준다면, 앞으로 네 모든 성취는 스스로 이루기 힘들겠지. 스스로 고민해봐."

강민의 말이 맞았기에 최강훈은 더 묻지 못하고 고개를 숙이며 대답했다.

"……네. 형님."

그런 최강훈의 모습에 강민은 구체적인 방법까지는 언급하지 않았지만, 하나의 화두 정도는 던져주었다.

"한가지 정도 말해준다면, 신체를 쓰는 단순 수련에 포커스를 두기 보다는 마나 그 자체에 집중해서 수련해봐. 그게 시아를 이길 수 있는 길이고, 마스터에 오르는 길이니 말이야"

사실 무(武)에 대한 재능은 최강훈이 정시아보다 월등히 뛰어났다. 물론 뱀파이어이자 피의 각성까지 받은 정시아가 신체적인 능력이나 마나량에서는 최강훈을 훌쩍 뛰어넘겠지만, 동일하게 마스터가 된다고 가정하면 최강훈이 신체능력이나 마나량이 떨어지더라도 최강훈이 이길 확률이 높았다.

마스터의 단계에서는 신체능력이나 마나량보다는 마나 자체에 대한 이해도가 그 경지에서의 실력차이로 나타나기 때문이었다. 최강훈의 무의 재능은 그런 것을 의미하였다.

물론 마스터 밑의 단계에서도 마나에 대한 이해도가 높다면 낮은 등급의 능력자가 높은 등급의 능력자를 이기는 것이 이상하지 않을 것이다.

다만, 마스터 이전의 단계에서는 실질적으로 보이는 신체능력과 마나량이 좀 더 승패에 직접적인 영향을 미치기에 체감하지 못할 뿐이었다.

결국 강민의 화두대로 마나에 집중에서 수련하는 것만이 최강훈이 나아갈 길이었다.

최강훈에게 화두를 던진 강민은 정시아를 바라보며 말을 건넸다.

"당분간은 강훈이와 대련은 쉬도록 해."

피의 각성 이후에 실력이 부쩍부쩍 늘고 있는 정시아는 최근 최강훈을 두드리면서 오는 쾌감이 상당했다.

또한 아직 관계설정의 초반이니 자신이 우위에 있다는 것을 최강훈에게 각인시켜 주고 싶었기에 강민의 말에 당연히 반발하였다. 물론 그 반발이라는 것은 그녀가 자신있어하는 애교를 통해서 이루어졌다.

"아잉~ 오빠~ 강훈이랑 대련하면서 많이 배우고 있었는데 조금 더 하면 안 될까?"

정시아는 강민의 팔에 메달리며 콧소리까지 내며 말했다. 처음과 같은 마스터과 수하의 관계였다면 상상하지 못하였을 테지만 지금 그녀는 최강훈과 같은 가족과 비슷한 상태였기에 애교를 듬뿍 담은 앙탈을 부렸다.

정시아의 애교어린 앙탈에 강민은 피식 웃더니 그녀에게 말했다.

"더 이상 강훈이 괴롭혀 봤자 둘 다 실력이 늘 것 같지는 않으니 그렇지."

지금 둘의 대련은 어느 정도 고착화된 패턴으로 이루어져, 최강훈이 뭔가를 깨닫고 이 고착화 된 상황을 깨지 못한다면 더 이상의 대련은 둘 다에게 의미가 없었다.

"그래도…… 히잉……."

정시아의 콧소리 섞인 투정에 그녀의 머리를 쓰다듬으며 강민이 그녀에게 다시 물었다.

"아직 백작급인데 후작급이 되고 싶지 않아?"

지금 정시아의 상태는 상당히 많이 갈무리하긴 하였지만 아직도 끓어오르는 진혈의 기운을 모두 자신의 것으로 만들지는 못한 상태였다.

만일 이 기운을 모두 자신의 것으로 한다면 A+등급 능력자인 후작급 뱀파이어도 불가능한 상황은 아니었다.

한창 강해지는 것에 재미가 붙은 정시아는 강민의 말에 눈을 초롱초롱 빛내며 말했다.

"진짜? 여기서 더 강해질 수 있는 거야?"

인간보다 5배 정도 오래 사는 뱀파이어는 능력이 상승하는 속도 역시 인간보다는 훨씬 느린 편이었다.

인간이 단전을 활용하여 빠른 속도로 마나를 쌓을 수 있
는 것에 비해, 뱀파이어는 정시아와 같이 피의 각성을 받는
것이 아니라면 세월이 점점 지나면서 천천히 진혈에 마나
가 쌓이면서 강해지는 것이기 일반적이었기 때문이었다.

　　그랬기에 남작급에서 백작급으로 능력이 오른지 얼마
되지 않은 그녀에게 다시 후작급을 이야기하는 강민에게
놀랄 수밖에 없었다.

　　"아직 각성한 진혈의 기운을 모두 받아들이진 못했잖
아. 그러니 네가 하기에 따라서 충분히 강해질 수 있지."

　　"그럼 듀크급도 가능한 거야?"

　　"듀크급이라면 마스터급일 건데, 마스터급은 단순히 노
력하는 것 이상의 무언가가 필요하지."

　　"그 이상이라면?"

　　"마스터급에 오를 시점에서 네가 가진 것에 따라 다르
니 지금 말해봤자 소용없을 거야. 그리고 그런 건 말로 설
명할 수 없는 부분이고."

　　"히잉~ 말해주지~"

　　"말해도 소용없다고 이 녀석아."

　　강민은 정시아의 머리를 꾹꾹 누르면서 말했다. 그런 강
민에게 정시아는 더 애교를 부리면서 달라붙었다.

　　"아포아포~ 나 아프게 했으니까. 말해줘 말해줘~ 응?
오~빠~ 응?"

강민은 달라붙는 정시아를 보고 곤란한 표정으로 유리엘을 돌아보며 그녀를 좀 떼어 달라는 표정을 지었다.

하지만 유리엘은 그저 사람 좋은 미소로 그 장면을 보고 있었고, 어깨를 으쓱하며 혼자서 해결해 보라는 제스처와 함께 미소로 대답을 대신했다.

결국 정시아의 애교에 강민은 어쩔 수 없다는 표정으로 그녀에게 말했다.

"마스터의 단계로 가는 것은 지금 네게는 무리일 거야. 마스터가 아닌 단계와 마스터의 단계는 마치 패러다임의 변화처럼 극적으로 나타나거든.

마스터 전까지는 당연했던 모든 것들이 마스터 단계에서는 모든 것이 의문투성이가 될 것이고, 밑의 단계에서 도저히 이해가 안가는 것들이 마스터 단계에서는 당연하게 생각되겠지."

"그럼 마스터에 들기 전에는 밑에서 아무리 노력해도 소용 없는 거야?"

"그런 건 아니지. 불교 용어에 돈오(頓悟)라는 말이 있는데 들어봤어?"

"돈오?"

아직 한국문화에 깊은 이해가 있지는 않은 정시아는 처음 들어본다는 식으로 갸웃거렸다. 그런 그녀의 모습에 강민의 말을 주의 깊게 듣고 있던 최강훈이 대답하였다.

"단번에 깨닫는 것을 뜻하는 말 아닙니까. 형님?"

"그렇지. 시아가 이해하기 좋게 표현한다면 티핑 포인트(tipping point)가 되는 순간이 있다는 것이지."

영미문화권에서 오래 살았던 정시아는 한자어보다는 영어가 더 익숙했기에 돈오는 몰라도 티핑포인트라는 말에 바로 이해를 하였다.

"아~ 티핑 포인트~"

티핑 포인트는 균형을 이루고 있던 어떤 상황이 한 순간에 극적으로 변화하는 순간을 이야기하는 단어였다.

"돈오던 티핑 포인트던. 결국 밑의 단계에서 꾸준히 수련을 쌓고 쌓다보면 어느 순간 대오각성하는 시기가 온다는 것이지. 물론 모두가 그런 순간을 겪는 것은 아니겠지. 대부분은 사람들은 그런 순간이 있다는 것도 모르는 채 삶을 마칠 확률이 높지."

강민의 대답이 아직 정시아에게 와 닿지 않았는지 그녀는 재차 강민에게 물었다.

"오빠 그럼 어떤 것을 계기로 돈오 할 수 있는 거야? 특정한 상황 같은 것이 있는거야?"

정시아의 질문에 강민은 어쩔수 없다는 표정으로 그녀에게 말했다. 사실 지금 그녀가 들어봤자 그야말로 뜬구름 잡는 이야기일 것이지만, 최강훈이나 정시아나 한번쯤은 알 필요가 있다 판단하여 강민은 말을 이었다.

"그 상황은 모든 사람마다 다를 것이야. 어떤 이는 하늘에서 구름의 운행을 보다가 깨닫는 사람도 있고, 어떤 이는 강물의 흐름에서, 어떤 이는 바다에서 깨닫는 경우도 있지."

"음…… 자연에서 깨닫는다는 말이야?"

"꼭 그런 건 아냐 이렇게 대자연에서 대자연의 마나를 느끼고 깨닫는 경우가 많지만, 명상을 통해 자신의 내부로 침잠하여 깨달음을 얻는 사람도 많으니까."

"그럼 지금은 나중에 어떤 식으로 마스터가 되는 깨달음을 얻을지는 알 수 없다는 거네?"

"그래 이 녀석아. 그러니까 지금은 소용없다고 말한거야."

강민이 그의 팔에 메달린 정시아의 머리를 다시금 손으로 꾹꾹 누르면서 말했다. 이런 모습은 둘의 첫 만남과는 전혀 다른 모습이었지만 강민 역시 정시아에게서 브리딘에서 함께 했던 카리나의 옛 모습을 발견하고 스스럼없이 그녀를 대하였다.

유리엘 또한 그런 정시아의 모습을 재미있어 하며 기꺼이 받아주었다.

만약 강민과 유리엘이 그녀의 애교를 받아주지 않았다면 그런 모습을 애초에 포기하고 예전의 순종적인 부하의 모습이 되었을테지만, 의외로 강민이 정시아의 그런 모습

을 싫어하지 않았기에 그녀는 요즘 부쩍 애교가 늘어난 상
태였다.

애교를 부리는 정시아에게 강민이 약간은 진지한 말투
로 물었다.

"진정 더 강해지고 싶은 생각은 있는거야?"

강민의 분위기가 바뀐 것을 알아차린 정시아는 애교를
부리며 장난치는 것을 그만두고 진지하게 이야기를 받아
들였다.

정시아의 가장 큰 장점 중에 하나는 분위기 파악을 잘한
다는 것이었다. 나쁘게 말하면 눈치를 잘 보는 것이었는
데, 어릴 적에 고생을 많이 하며 입양까지 되었기에 눈치
를 보는 것에는 도가 트였다. 그래서 이런 분위기의 전환
에 눈치 빠르게 맞추어 분위기를 바꾸었다.

"응. 오빠도 알다시피 나 복수해야 하잖아. 강해지고 싶
지. 정말."

정시아는 강민의 팔을 놓고 몸을 바로 세워, 강민을 바
라보며 눈도 피하지 않고 대답하였다. 자신의 결의를 드러
내고 싶었던 것이었다.

여전히 그녀의 외모는 19살 여고생과 같았지만 강민은
그녀의 눈 속에 있는 아픔을 볼 수 있었다.

"그 복수 내가 해줄 수도 있는데 말야. 어때?"

강민은 그녀의 생각을 알아봤다. 복수는 발전을 가능하

게 하는 동기이긴 했지만 과도하게 복수심에 얽매이면 스스로를 상처 입히고 마음에 제약을 걸어 오히려 마스터 이상의 단계로 가는 걸림돌이 될 수도 있었다.

최강훈의 경우가 그 좋은 예가 되었다. 최강훈도 오히려 모든 복수를 해결하고 나니 마음의 족쇄가 풀어져서 성장 속도가 전보다 훨씬 빨라졌기 때문이었다.

그리고 처음엔 수하로서 그녀를 받아들였지만, 그녀의 살가운 모습에 강민은 카리나의 생각이 났다.

과거의 향수를 불러일으키는 그녀에게 단순한 수하보다는 친밀한 감정을 느끼고 있었다. 그렇기 때문에 강민은 충분히 그녀의 복수를 대신해 줄 용의가 있었다.

"아냐. 내 손으로 해야 하는 일이야. 아버지께 저지른 내 잘못은 내 손으로 마무리 지어야지……."

정시아는 최강훈과는 달랐다. 복수 자체가 목적이라기보다는 그 복수의 과정이 목적이라고 할 수 있었기에 강민에게 복수를 부탁하지 않았다.

그녀의 말만 들어보아도 그녀의 양아버지 소르빈의 죽음에는 뒷이야기가 있는 것 같았지만 강민은 굳이 묻지 않았다.

강민이 명령으로 말하기를 원한다면 정시아는 말해주어야 할 것이지만 굳이 이런 관계를 깨면서 그녀에게 그렇게 하고 싶지는 않았다. 필요하다면 그녀가 먼저 강민에게 사연을 말해 줄 것이다.

이렇게 가족 같은 분위기에서 하루하루를 보내는 것이 소소한 재미이고 행복인데, 굳이 이런 상황에서 명령을 하여 그런 관계를 깨트리고 싶지는 않았기 때문이었다.

다소 무겁게 변한 분위기를 느낀 정시아는 애써 밝은 표정을 지으며 강민에게 물었다.

"오빠, 근데 강훈이하고 대련을 그만한다면 어떤 식으로 수련해야 하는거야?"

"일단, 넌 실전 경험이 너무 부족하니 실전을 통한 수련이 필요할 거야."

"실전이라면 지금 강훈이 하고도 하고 있었는데?"

정시아는 입술을 오므리고 오른손 검지손가락을 대며 고개를 갸웃거렸다. 그녀의 그런 귀여운 모습에 강민은 한 번 더 그녀의 머리를 쓰다듬으며 말했다.

"그런 대련 말고 진짜 생명의 위협을 느끼는 실전이 필요하다는 것이지. 어차피 지금 강훈이나 너나 서로가 생명에 위협을 느끼면서 대련하지는 않자나."

"그렇긴 하지만……."

"아마 강훈이 녀석이 목숨을 걸고 싸운다면 너도 지금처럼 이기긴 쉽지 않을거야."

최강훈은 이미 C등급 시절에 B등급의 강자, 슈운스케를 해치운 경험이 있었다. 물론 살을 주고 뼈를 깎는 한 수였지만, 어찌되었든 쓰러진 것은 슈운스케였고 살아남은 것은 최강훈이었다.

지금 정시아와의 대련에서도 만약 대련이 아니라 실전이라면 상황은 달라졌을 것이다. 단지 대련이기에 사용하지 못하는 무공도 있을 것이고, 마음가짐 또한 다를 것이다.

그것을 감안한다 하더라도 정시아가 최강훈을 이길 확률이 월등히 높을 것이지만 실전을 해보기 전에는 모를 것이다.

과묵한 최강훈은 여전히 정시아와 강민의 대화를 듣고만 있었고, 마지막에 강민이 한 말에 아까 전 화두의 실마리를 잡은 듯 눈을 번뜩이며 속으로 생각했다.

'그래, 목숨을 걸고 치열하게…… 그게 내 강점이고, 시아를 이길 수 있는 방법이겠지…….'

마나를 참구하는 방법에는 여러 가지 방법이 있을 것이다. 고요하고 외떨어진 곳에서 내적으로 침잠해가는 방식이 있을 것이고, 피가 튀고 뼈가 갈리는 전장에서 마나를 참구할 수도 있을 것이다.

최강훈은 아직 마나 자체에 집중한다는 의미를 잘 모르겠지만, 자신의 강점은 목숨을 잃을 수 있는 위태로운 상황에서도 그 목숨을 걸고 도전할 수 있는 용기와 자세였다.

목숨이 위태로울 수도 있는 실전 속에서 자신의 강점은 드러날 것이라 생각했다. 지금 정시아와의 대련은 목숨을 잃을 우려가 없었기에 그런 본능적인 감각이 살아나지 않은 것일 수도 있었다.

정시아와의 대화를 나누는 동안 최강훈도 느낀바가 많았는지 고개를 끄덕이고 있었기에 강민은 정시아만 보는 것이 아니라 최강훈에게도 같이 말을 하였다.

"어떠냐? 실전을 한번 겪어볼 각오가 되어 있어?"

"네! 형님!"

"네~ 오빠!"

아직 둘은 강민이 말하는 실전이 무엇인지 모르고 있었다. 강민이 아이들과 나누는 말을 듣고 있던 유리엘이 심어로 강민에게 물었다.

[수련 마법진을 사용하려구요? 실전이라면…… 리얼모드로요?]

[그래. 여긴 전장이 없으니 실전을 겪을 일이 별로 없잖아.]

[버츄어모드로 하는 것이 낫지 않을까요?]

[버츄어모드를 통한 수련은 지금 크게 의미가 없을 것 같아. 어차피 환상임을 알게 되는 순간 몰입감도 깨어지고, 실제가 아니라는 것을 알게 된다면 지금 애들에게 필요한 실전감각도 얻기 힘들겠지.]

[음…… 리얼모드면 애들한테 위험하지 않을까요? 민이 하는 방식대로라면 애들이 간신히 버티거나 약간 버티기 힘든 정도로 할 거니…….]

[이 정도도 못 이겨낸다면 자격이 없는 것이겠지. 그리고 웜홀의 폭주가 일어나면 피터지는 전장이 형성될 건데 미리 겪어보는 거지. 지금 이걸 이겨내지 못하고 죽는다면, 어차피 그 때도 버티기 힘들 거야.]

[그래도 만약에 죽게 된다면 좀 곤란하지 않을까요?]

[곤란?]

둘 중 하나 아니 둘 모두가 죽는다 하더라도 강민과 유리엘에게는 그저 많은 수하 중 하나의 죽음으로 다가올 뿐이었다. 또한 어차피 영원을 사는 둘에 비해서 다른 모든 인간의 삶은 유한하니 그저 조금 빨리 간 것뿐이라고 생각할 것이다.

유리엘도 이 사실을 모르는 것은 아니었다. 하지만 곤란하다고 말한 것에 다른 이유가 있었다.

[둘 중 하나라도 죽는다면 어머니나 서영이나 충격을 받지 않겠어요?]

과거에는 강민과 유리엘 둘만 있는 상황이었고, 둘은 타인의 죽음에 대해 충격을 받기에는 너무도 강한 정신력을 갖고 있었다. 지금 당장 최강훈이나 정시아가 목숨을 잃는 상황이 벌어지더라도 강민이나 유리엘은 아무런 충격은 없을 것이다.

설령 한미애나 강서영이 죽는 일이 벌어지더라도, 강민은 과거를 회상하며 미소를 지을 지언정 충격을 받을 일은 없었다. 물론 한미애나 강서영이 강민이 있는 한 비명횡사할 일은 없었고, 나중에 시간이 흘러 노화로 인하여 생명을 다 하게 될 것이겠지만 말이다.

하지만 한미애나 강서영은 그런 충격을 버텨낼 정신력이 없었다. 한미애에게 정시아는 만난지 얼마 되지 않았지만 이미 그녀에게 많은 정을 느끼고 있어, 그녀가 죽는다면 한미애는 충격을 받을 것이다.

또한 강서영 역시 최강훈을 좋아하고 있는 눈치였는데 만약 최강훈이 갑자기 비명횡사한다면 큰 충격을 받을 것임이 자명하였다.

[음…… 그 생각까지는 못했네. 그래 만일의 경우에 대비해서 내 잔류마나를 좀 남겨놓을게.]

[그래요. 여튼 굳이 가족들에게 충격을 줄 필요는 없을 것 같아서 말했어요. 그리고 지금 애네들도 귀엽구요. 호호호.]

유리엘의 말에 강민이 그녀를 바라보며 고마움을 표시했고, 유리엘은 미소로 답을 하였다.

[고마워. 잠시 간과했던 것 같아.]

[고맙긴요. 우리사이에. 그럼 마법진의 수준은 어느정도

로 할 거에요?]

[시아는 최상급 익스퍼트급 정도, 강훈이는 상급 익스퍼트로 설정하면 될 것 같아.]

[시아는 그렇다 치고 강훈이한테는 무리 아닐까요?]

[처음은 힘들겠지만 그래야 배우는 것이 있겠지. 강훈이 같은 타입은 자기 역량보다 좀 더 높은 수준에서 수련하는 것이 성장하기 좋을 거야.]

유리엘과의 대화를 마친 강민은 다시 최강훈과 정시아를 보며 이야기 했다.

"일단 오늘 수련은 여기서 마치고 내일부터는 실전 같은 수련을 해보자."

"네~ 오빠~"

"네! 형님!"

아직 둘은 그들에게 어떤 일이 벌어질지 모르고 있었다. '실전' 같은 수련이라는 그 말에 담긴 의미를 아직 간과하고 있는 둘이었다.

그들에게 내일을 기약하고 돌아서니 유리엘이 강민에게 다시 물었다.

"오늘은 서영이가 연수 마치고 오는 날이었죠?"

"그렇네. 벌써 두 달이나 되었어."

강서영을 언급하자 정시아는 눈을 빛냈다. 유일하게 강민의 가족 중에서 만나지 못한 사람이 강서영이었기 때문이었다.

지금은 오빠, 동생처럼 지내고 있지만 강민과의 관계의 본질은 마스터와 부하였다. 그렇기 때문에 강서영 또한 자기편으로 만들어야 자신이 이 집에서 머무는데 문제가 없을 것이라 판단했다.

'서영이 언니한테는 어떻게 접근하는 것이 좋으려나? 흐응.'

실제로는 자신보다 한참은 어린 강서영이었지만 이미 19살 여고생의 본분에 충실한 정시아는 당연히 강서영을 언니라고 생각하고 있었다.

7장. 재회

NEO MODERN FANTASY STORY & ADVENTURE

현세귀환록

7장. 재회

모든 연수를 마치고 서울로 돌아가는 전세버스 안에는 그간 친해진 KM 그룹지주 신입사원 동기들이 여기저기서 이야기를 나누고 있었다.

강서영은 당연히 김세나와 함께 있었는데 둘 역시 연수원에서 있었던 이야기를 나누고 있었다.

그룹연수에서는 워낙에 많은 인원과 많은 반이 있어서 강서영과 김세나는 서로 거의 볼 수 없었다. 하지만 30명밖에 안 되는 계열사별 연수에서는 반이 하나밖에 없었기에 숙소는 달랐음에도 같이 수업을 들으며 둘은 매일 만날 수 있었다.

그렇게 매일 만나며 이야기를 해왔지만 아직 할 말이 많은지 서울로 가는 내내 수다를 떨었다.

다른 신입사원들도 이 둘과 마찬가지로 연수원에서 그렇게 많은 이야기를 하고도 또 무슨 할 말들이 남았는지, 서울로 가는 내내 버스는 시끌시끌하였다.

김세나는 연수원에서 있던 재미난 에피소드들을 이야기하다가, 갑자기 목소리를 낮추며 강서영에게 말했다.

"서영아. 근데 아직 아무도 모르는 거 같지?"

"뭐가? 아~"

김세나의 말에 강서영은 무슨 말인지 알아차렸다는 듯한 표정을 지은 뒤 검지손가락을 세우며 입을 가리며 말했다.

"쉿, 조용히 해. 혹시 모르니까. 괜히 오해 사고 싶지 않단 말야."

김세나의 의미는 강서영이 강민의 동생임을 아직 아무도 모른다는 뜻이었다. 그리고 강서영이 말하는 괜한 오해는 자신이 회장의 동생임을 감추고 연수를 받은 것이 신입사원들은 감시하거나 그들을 기만했다는 오해를 사고 싶지 않다는 뜻이었다.

강서영은 연수원 초반에는 혹시나 누가 알아볼까 걱정을 하였지만, 연수원에서 그녀의 모습은 어딜 봐서든 재벌가에 속한 것처럼 보이지 않았기에 한 번도 의심을 산적이 없었다.

사실 대부분의 사람들이 재벌의 가족이라고 얼굴이나 이름을 알지는 못한다. 단적으로 국내 1위 기업인 백산그룹의 손자, 백지호만 해도 이아현이 일으킨 사건으로 한국대 경영학과에서는 그나마 좀 알려졌지만, 길거리에 돌아다녀도 아니 다른 과 학생들만 하더라도 그가 백산그룹의 손자인지 아는 사람은 거의 없을 것이었다.

강서영 역시 마찬가지였다. 그녀를 전부터 아는 사람을 만나는 것이 아니라면 그녀가 강민의 동생임을 아는 사람을 드물 것이다.

그렇기에 연수원에서도 보름 정도가 지나면서 강서영은 서서히 마음을 놓았고, 나중에는 그녀 스스로도 재벌이라는 인식도 없이 지낼 수 있었다.

강서영의 손모양에 김세나는 알겠다는 표정으로 말을 돌렸다.

"그건 그렇고 넌 어느 부서로 가? 연수원에서 신입사원 인사면담 했었잖아."

"일단 전략기획실로 배치되었어. 어떻게 될지는 모르겠지만."

"아. 하긴……."

강서영이 연수까지만 같이 받는다고 사전에 말했던 것을 김세나가 깜빡하고 물었던 것이었기에, 김세나는 외마디 탄성으로 상황을 이해했음을 알렸다.

원래 강민에게는 연수만 같이 받는다고 말했고, 아마 연수 이후에는 재단 이사장으로 갈 가능성이 높았다.

하지만 그녀는 아직 자신도 없었고, 이렇게 신입사원으로 있는 것도 좋았다. 물론 아직 실무에 투입이 되지 않아서 이런 생각을 할 수 있는 것이지만 말이었다.

이번에는 김세나에게 강서영이 되물었다.

"그런 넌 어디로 배치되었어?"

"브랜드팀으로 배치되었어. 홍보나 마케팅을 이야기 한 것을 들어 주셨나봐. 히히."

"그럼 누가 말한건데. 안들어주겠어. 헤헤."

"그래 고맙다. 강서영. 고마워. 히히히."

둘의 목소리는 낮았지만 강서영에게 관심을 둔 장찬영은 둘의 대화를 들을 수 있었다. 그녀들의 바로 뒤에 앉은 장찬영은 강서영에게 집중하고 있었기 때문이었다.

'어떻게 될지 모른다니? 연수까지 다 받고 퇴사할 생각인가? 그룹지주라면 나쁜 조건은 아닌데…… 어디지?'

장찬영 역시 전략기획실에 배치 받았기에 강서영과 함께 있을 수 있다고 좋아하고 있었는데, 그녀의 그런 말에 의아해 했다.

하지만 그녀에게 바로 물을 수는 없었다. 그녀의 말을 엿듣고 있었다는 말이 되기 때문이었다.

'나중에 출근하는 날에 보면 알 수 있겠지…….'

강서영을 보고 있는 장찬영의 뒤에는 신애린이 다시 그를 보고 있었다. 만약 이들은 보고 있는 제 3자가 있다면 우스워 보일 수도 있는 상황이었다.

하지만 신애린의 표정은 전혀 웃음기가 없었다. 장찬영의 뒤에 앉은 그녀는 무표정한 얼굴로 앞만 바라보고 있었는데, 그 무표정 뒤에는 굴욕적인 감정과 분노가 섞여있었다. 그러나 그것을 티를 낼만큼 그녀가 어리숙하지는 않았다.

그녀의 그런 표정은 장찬영을 공략하지 못해서 생긴 일이었다. 그녀가 한 달 넘게 공들인 남자에게 이렇게 퇴짜를 맞은 것은 그녀 인생에 처음이기 때문이었다.

대부분의 남자들은 남자들이 그녀에게 먼저 관심과 호감을 표시하였고, 그렇지 않는 남자들도 그녀가 관심을 준다면 어렵지 않게 공략할 수 있었다.

장찬영처럼 이런 철벽남은 그녀 인생에는 처음이었다. 그래서 처음에는 장찬영이 동성애자가 아닐까라는 의심까지하였는데, 강서영에게 은근히 호감을 표시하는 장찬영을 보고 동성애는 아니라는 것을 알 수 있었다.

연수원에 있는 동안 그녀는 장찬영에게 세 번의 고백을 했고, 세 번을 다 거절당했다. 여태까지 그녀의 인생에 이렇게 굴욕적인 일은 없었다.

더군다나 세 번째 고백할 때는 동기중의 누군가가 그 모습을 봐버려서, 동기들 사이에 알음알음 소문까지 나버렸다. 신애린이 장찬영에게 차였다고 말이다.

그 이후로는 신애린도 장찬영에게 더 이상 접근하지 않았다. 어느 정도는 장찬영을 포기하였기 때문이었다.

그렇지만 그녀가 포기했다고 강서영이 장찬영과 잘되는 꼴을 두고 보기는 싫었다. 내가 갖지 못한 것은 남도 갖지 말아야 한다는 놀부 심보라고 할까?

신입사원들이 웃고 떠드는 사이에 버스는 서울역에 도착하였고, 이들을 인도했던 KM 그룹지주의 지현기 대리가 버스 안에 있는 마이크를 잡았다.

"아. 아. 제 말 들리시죠?"

"네~ 잘 들립니다~."

"흠흠. 연수원에서 말씀드렸다시피 일주일간 집에서 푹 쉬시고 다음 주 월요일부터 출근하시면 됩니다. 일단 당일날은 부서로 바로 가지 말고 인사팀으로 오세요. 다 같이 인사돌고 각 부서로 가실테니까요. 알겠죠?"

"네~"

"그럼 두 달간 연수받는다고 고생하셨습니다."

❖

강서영은 집 앞에 도착한 시간은 점심 때가 약간 넘은

시간이었다. 대문 앞에 선 그녀는, 오랜만에 가족들을 볼 생각을 하니 절로 입가에 미소가 지어졌다.

띵동~ 띵동~

강서영이 벨을 누르자마자 문이 열렸는데, 열린 문 안에는 그녀가 처음 보는 여자가 서 있었다. 바로 정시아였다.

그녀를 본 강서영은 처음에는 집을 잘못 찾았는지 싶어 한걸음 물러나서 문의 형태와 집 위치를 다시 봤는데 다시 봐도 그녀의 집이었다.

자신의 집인 것을 파악하고 강서영은 조심스레 정시아의 정체를 물었다.

"누……구……?"

강서영이 약간 말을 더듬으며 누군지 물어보자, 정시아는 90도로 허리를 숙이며 인사를 하였다.

"언니. 안녕하세요! 정시아라고 합니다~ 서영언니 맞죠? 어머님께 말씀 많이 들었어요."

인사를 마친 정시아는 강서영의 팔짱을 끼며, 마치 오래 전부터 알고지낸 동생처럼 그녀에게 말을 했다.

"언니 두 달간 집 떠나 있는다고 고생 많으셨지요? 어머님이 언니 온다고 맛있는 거 많이 하고 기다리세요. 얼른 들어가요. 히히"

정시아는 호들갑을 떨며 그녀를 집안으로 이끌며 강서영이 가져온 캐리어 가방조차 그녀가 들려고 하였다.

"아. 이건 내가……."

"아니에요. 언니. 당연히 제가 들고 가야죠."

마당 안으로 들어가자 강민과 유리엘 그리고 최강훈이 그녀를 반겼다. 가장 먼저 유리엘이 그녀에게 말을 건넸다.

"서영아 왔어? 고생 많았지."

"고생은요. 재미있기만 했는데요 뭐. 히히."

그녀의 너스레에 강민 역시 고생했다는 듯 머리를 쓰다듬으며 말했다.

"그래 연수는 할 만했어?"

"응. 안 그래도 그거 때문에 오빠한테 말할게 있었는데."

"그래. 일단 어머니께 인사하고 점심 먹고 이야기 하자. 어머니 기다리셔."

"아. 그래. 엄마부터 보러가야지~"

강민 내외에게 인사를 한 강서영은 옆에 서있는 최강훈을 봤는데, 둘이 서로를 바라보는 표정이 약간 복잡해 보였다.

최근 최강훈의 수련에 큰 진전이 없었는데, 그의 수련을 가로막는 가장 큰 이유가 강서영이었다. 그녀를 근접 경호하며 가까지 있을 때는 몰랐는데, 강서영이 연수를 간다고 자리를 비우자 계속 그녀의 생각이 났기 때문이었다.

폐관 수련 때도 그녀를 지킬 수 있는 능력을 갖고자 노력을 했었고 성취도 하였다. 그런데 폐관에서 나온 이후로는 계속 그녀가 머릿속에서 아른거려 수련에 집중을 못하고 있었다.

최근 정시아에게 맥없이 지는 일이 많았던 이유 중에 하나도 그녀 생각에 집중을 못한 것도 어느 정도 이유가 될 것이었다.

아직 첫사랑조차 못해본 최강훈은 그것 무슨 느낌인지도 모르고 속앓이만 하였는데, 지금 이 순간 강서영을 보고 그 감정이 어떤 감정인지 알 수 있었다.

아직 사랑이라고 확실히 말할 수는 없지만, 그녀를 이성으로 좋아한다고 분명히 말할 수 있었다.

강서영 역시 연수원에 있는 동안 최강훈의 생각이 계속 났는데 오늘 그를 보니 단순한 호감이 아닌 남자로서의 호감이라는 것을 알 수 있었다.

그렇게 그녀가 떠나있던 두 달간의 시간이, 막연했던 둘의 호감을 서로를 이성으로서 좋아한다는 것을 인식할 수 있도록 하는 시간이 되었던 것이었다.

하지만 아직은 각자의 생각만 확인한 것이지 서로의 생각은 알 수가 없었다. 그랬기에 그렇게 보고 싶었던 둘이었지만 예전보다 더 어색한 말이 나왔다.

"누……나. 왔어요?"

"으……응. 왔어. 너…… 너도 별 일 없었어?"

"네……."

연수원 가기 전까지만 해도 서로 장난도 치고 편하게 보였던 둘이었는데, 서로가 서로를 이성으로 인식한 순간부터 모든 것이 어색해졌다. 서로를 의식한다는 이야기였다.

시간이 지나면 더 애틋하게 되어서 돌아올 감정이지만 아직은 어색함이 더 컸다.

강서영의 옆에서 캐리어 가방을 끌던 정시아는, 강서영이 어머니께 인사드리러 집안으로 들어간다는 말에 이제껏 끌고 왔던 캐리어를 최강훈에게 넘기려고 하였다.

캐리어를 넘기며 전처럼 최강훈에게 반말로 소리치려던 정시아는, 강서영과 최강훈의 어색한 인사에 목구멍까지 튀어나왔던 말을 멈출 수밖에 없었다.

둘이 인사를 나누는 분위기가 심상치 않았기 때문이었다. 눈치 빠른 정시아가 이것을 놓칠 리가 없었다.

'아. 둘이…… 이런. 그럼 강훈이한테도 함부로 못하겠는데…….'

최강훈과의 어색한 인사를 마친 강서영은 자신을 기다리는 어머니를 만나러 강민 내외와 함께 집안으로 들어갔다. 다만, 최강훈은 같이 들어가지 않고 우두커니 서서 강서영이 들어가는 모습을 지켜보았는데, 그런 최강훈에게 정시아가 옆구리를 찌르며 말했다.

"강훈……오빠. 이거 들고 가."

정시아의 오빠라는 말에 최강훈이 갑자기 정신을 차리며 반문했다.

"오빠?"

"그.래. 오!빠!"

정시아는 이를 악물고 오빠라는 이야기를 하였다. 강서영과 최강훈이 서로 좋아하는 사이라면 정시아가 최강훈을 대하는 모습도 달라질 수 밖에 없었다.

19살로 보이는 정시아가 20살이 넘은 최강훈에게 반말짓거리를 하며 막 대한다면, 최강훈을 좋아하는 강서영이 그녀를 좋게 볼 리가 없었다.

정시아는 그것을 알고 미리 최강훈에게 호칭을 바꿔 말하고 있는 것이었다.

"하. 갑자기 왜 그러냐? 정시아?"

하지만 최강훈은 그런 정시아의 내심을 알 수가 없었기에, 갑자기 오빠라고 부르는 그녀가 이상한지 다시 물었다.

"아. 몰라. 앞으로 오빠라 부를테니 그렇게 알아! 이건 오빠가 들고 들어가고! 흥!"

정시아는 캐리어와 최강훈을 남겨둔 채 집안으로 들어가 버렸다.

결국 마당에 혼자 남아 있던 최강훈은 그 역시 캐리어를 들고 집 안으로 들어가는데, 그의 입가에는 흐뭇한 미소가 지어져 있었다. 이제 강서영과 같이 있을 수 있다는 생각 때문이었다.

✤

한미애와 반갑게 해후를 마친 강서영은 오랜만에 가족 모두와 함께 식사하는 시간을 가졌다. 지금은 가족이라 할 수 있는, 최강훈과 정시아도 같이 자리를 하였다. 다만 한수아는 지금 겨울방학이 끝나서 학교에 가 있는 상황이라 함께 하지는 못하였다.

식사자리에서 강서영은 연수원에서 있었던 재미난 일들을 가족들에게 이야기하였는데, 연수원는 많은 사람들이 모여 있어 이야기 거리도 많았는지 식사를 마친지 한참이나 지났는데 아직도 이야기 거리는 끊기지 않았다.

지금도 강서영이 연수원에 있었던 연애이야기를 하고 있었는데, 남녀간의 애정사는 예나 지금이나 인기있는 주제였다.

"그러니까 C반에 있던 최진호가 D반의 김승아를 처음부터 좋아했다는 거야. 근데 그 좋아한다고 표시를 냈던 것들이, 오히려 승아 입장에서는 진호가 그녀를 싫어한다고 오해하게 되었다니까."

강서영의 말에 옆에 있던 정시아가 말을 받았다.

"그래서요 언니? 그래서 둘이 사귀게 된거에요? 아니에요?"

강서영도 정시아가 적극적으로 반응해주자 더 신이 나서 말을 이었다.

"우리는 다들 승아가 진호를 찰 꺼라고 생각했거든. 우리가 봐도 진호가 한 일들은 좀 그랬으니까. 근데 승아도 진호한테 호감이 있었다 하더라구. 그래서 결국 사귀기로 했데. 모두들 깜짝 놀랐지. 크크큭. 웃기지 않어?"

"그러게요 언니. 호호호. 진짜 웃기네요."

사실 연애 이야기는 재미있는 주제는 맞지만, 당사자들을 아는 경우에 재미있었지 이렇게 다들 모르는 사람에 대한 연애 이야기는 그렇게 재미있는 소재는 아이었다.

하지만 정시아는 적극적으로 그녀의 말에 호응해주었다. 그런 정시아의 모습에 강서영은 그녀를 괜찮은 아이라고 생각 할 수 있었다. 그게 바로 정시아가 노리는 것이었다.

눈치빠른 정시아는 강민이 가족을 중요하게 생각하는 것을 이미 알고 있었다. 지금까지 파악한 강서영의 성향으로 그럴리는 없다고 생각했지만 설령 만약 자신이 강서영의 눈 밖에 나서 그녀가 자신과 같이 있기 싫다고 한다면,

강민은 당장 자신을 내보낼 것이라고 판단했다.

그렇기 때문에 강서영의 마음에 들기 위해 정시아는 적극적으로 그녀의 말에 호응을 하고 있었다.

이렇듯 강서영과 한미애가 웃으며 이야기를 나누는 모습에 강민은 속으로 미소를 지었다.

과거 불의의 사고로 가족을 떠났던 강민이 가족들과 함께 바라던 삶이 이런 것이었기 때문이었다.

십만년에 가까운 삶을 보냈지만, 망각을 할 수 없는 강민의 마음 한구석에는 항상 가족의 존재가 있었다.

신문배달을 하다 처음 월홀에 빠질 때에도, 가장 먼저 든 생각이 어머니와 서영이는 어쩌지라는 생각이었다. 힘을 얻기 전이나 힘을 얻고 나서나, 강민은 힘들게 살아갔을 어머니와 서영이가 항상 마음에 걸렸었다.

이후 많은 일을 겪으며 유리엘을 만났고, 고향을 찾기 위해서 유리엘과 차원여행을 하였다. 물론 고향을 찾는다고 가족을 만날 수 있을 거라는 생각은 하지 않았다. 차원 간의 시간 흐름의 차이는 있겠지만 그것을 감안해도, 너무나도 오랜 시간이 흘러서 이미 가족들은 모두 죽었을 것이라 생각했었다.

그런 가족을 만나게 된 것이다. 그리고 그런 가족이 이제는 힘들지 않고 편안히, 행복하게 지내는 모습에 강민은 저절로 미소가 지어졌다.

강민의 내심을 짐작했는지 그의 어깨에 손이 올라왔다. 유리엘이었다. 강민과 영혼이 통하는 그녀는 강민의 심정을 느낄 수 있었다. 과거를 회상하며 아련하면서도 흐뭇한 강민의 감정을 유리엘 역시 느낄 수 있었다.

어깨에 올라온 유리엘의 손길에 강민이 고개를 돌려 그녀를 바라보니, 그녀의 얼굴에도 환한 미소가 떠올라 있었다. 그리고 강민도 그런 그녀의 미소를 보고 마주 웃었다. 더 이상의 이야기가 필요 없었다. 그들은 그런 사이었다.

❖

식사를 마치고 강서영은 강민과 유리엘이 있는 방으로 올라왔다. 아까 하고자 했던 이야기를 꺼내기 위해서였다.

노크를 하고 문을 살짝 연 강서영은 머리만 문 안으로 들이밀며 말했다.

"오빠, 시간 돼?"

"그럼. 누구 동생이 보자는 건데. 없는 시간도 만들어야지. 어서 들어와."

"언니랑 단둘이 있는데 방해할까봐 그렇지."

방해라는 말을 하면서도 강서영은 이미 강민의 방안으로 들어섰다. 그런 그녀의 모습의 유리엘이 웃으며 말했다.

"서영아 그런 말은 문밖에서 해야지. 이미 들어와 놓고 그런 말하면 믿음이 안가잖아. 호호호."

"언니라면 이해해줄 거 같아서요. 히히."

강서영의 너스레에 웃음기를 거두지 못하고 강민이 물었다.

"그래 무슨 일이야? 혹시 연수원에서 남친이라도 생겼어?"

갑자기 허점을 찔린 듯 강서영은 얼굴이 달아오르며 말을 제대로 하지 못하였다.

"나… 나… 남친은 무… 무…슨…. 하.하.하."

강서영이 어색해하는 것은 이런 쪽에 둔감한 강민도 알 수 있었다.

"뭐야? 진짜야?"

그런 강민의 질문에 유리엘이 대답을 하였다.

"참. 민도 여전히 이쪽은 둔하네요. 서영이랑 강훈이 둘이 좋아하고 있잖아요."

"언니!!"

유리엘의 충격 대답에 강서영은 고함을 빽 질렀고, 강민은 그녀의 고함에 아랑곳 않고 유리엘에게 다시 물었다.

"뭐? 그랬어? 흠. 어쩐지 둘이 인사할 때 마나가 흔들린다 싶더니. 그래서 그랬던 거였구나."

"마나에 대한 이해는 누구도 따를 수 없을 정도로 높으면서, 인간 감정, 특히 타인에 대한 호감 같은 감정에 대한 이해는 아직도 둔하네요."

"하하. 난 뭐 유리가 있으니 다른 사람들과 그런 감정 자체를 나눠 본 적이 거의 없잖아. 그래서 그렇지 뭐. 그래도 적대감은 바로바로 알아차리잖아. 하하."

강민은 머쓱해 하며 대답하였다.

"그러니까 카리나가 그렇게 속을 끓였죠. 하긴 카리나만 그랬나? 레오나도 그랬고 리디아, 아리아나……."

유리엘이 여자 이름을 하나 둘 말하기 시작하자, 강민은 안되겠다는 표정으로 유리엘의 말을 끊고 강서영에게 물었다.

"그건 그렇고, 서영아. 유리 말이 사실이야?"

"그…… 그게…… 잘……."

"잘 안 들리는데 뭐라구?"

강서영의 새빨갛게 변한 얼굴만 보더라도 알 수 있는 사실을 강민이 웃음을 지으며 짓궂게 물어보았다.

"그래! 나 좋아해! 좋아한다구! 그치만 강훈이가 어떤지는 잘……."

강민이 장난치는 듯 한 말에 강서영은 좋아한다는 말을 외치듯 말했지만, 그녀 역시 최강훈이 자신을 좋아하는지에 대해서는 자신이 없었는지 말꼬리를 흐렸다.

그런 강서영의 모습에 유리엘이 웃으며 그녀에게 말했다.

"강훈이도 너 좋아해. 서영아. 아까 너 만났을 때 흔들리는 눈빛이 서영이 네가 강훈이를 보는 눈빛과 똑같더라."

유리엘의 말에 강서영은 반색하며 그녀에게 몇 차례나 물었다.

"언니! 정말요? 강훈이도 그랬어요? 진짜죠?"

"그래 이 아가씨야. 민. 이것 봐요. 이래서 딸은 키워봤자 소용없다는 말이 나오나봐요. 어머님 서운해 하시겠다. 호호호."

강민도 강서영의 반응에 약간은 못마땅한 표정을 지으며 말했다.

"흠. 우리 서영이 지켜주려면 강훈이를 더 열심히 굴려야겠는데. 지금 강훈이는 너무 허약한 것 같아서 말이야."

어디선가 한기가 느껴지는 것 같다는 생각을 한 강서영은 강민을 만류하며 말했다.

"아냐~ 아냐~ 지금도 경호원들 중에서는 가장 강하다면서? 지금으로 충분해. 안 굴려도 돼!"

"허 참…… 우리 서영이가 이럴 줄이야. 유리, 강훈이 보고 나 이기기 전까진 우리 서영이 못준다고 할까?"

강민이 유리엘을 돌아보며 허탈한 표정으로 말하자, 유

리엘 역시 재미있다는 듯 대답했다.

"그럼 서영이는 평생 혼자 살아야 하는 거에요? 그렇게 말할거면 그냥 서영이를 포기하라고 말하는 게 나을껄요?"

"그럼 포기하라고 할까?"

강민이 강서영의 반응을 보며 유리엘에게 말하자 강서영은 아까보다 더 크게 고함을 질렀다.

"안 돼!! 오빠! 하나밖에 없는 여동생 혼삿길 막을 거야?!"

강서영은 최강훈의 충성심을 알았다. 강민과 호형호제하는 사이지만 실제로는 강민을 은인으로 모시고 충성을 다한다는 것을 강서영도 알고 있었다.

그럴 일은 없겠지만 강민이 최강훈에게 그녀를 포기하라 한다면 최강훈은 강민에 대한 충성심으로 충분히 그렇게 할 수 있는 사람이라고 생각했다. 그랬기에 강서영은 그런 고함을 치며 강민을 막았던 것이었다.

유리엘은 강서영의 반응을 재미있어 하면서도 그녀가 듣고 싶어하는 말을 강민에게 하며, 강서영에게 윙크를 하였다.

"그래도 강훈이 정도면 나쁘지 않죠. 의지 견정하고 책임감도 있구요. 외모도 뭐…… 그 정도면 됐구요. 호호호."

유리엘이 최강훈의 칭찬을 하자 강서영은 유리엘을 보며 고맙다는 표정을 지었다.

"뭐 하긴…… 여튼 강훈이라…… 내가 따로 한번 이야기 해봐야겠네."

"오빠!"

"포기하게 하려는 건 아니고, 얼마나 널 생각하는지 한번 보긴 봐야겠어. 얼마만큼의 마음으로 널 만나려는 것인지 말이야. 오빠로서 그 정도는 할 수 있잖아?"

"그……그렇지……."

강민의 말에 강서영도 반발하지 못했다. 여동생을 가진 오빠라면 그 정도는 할 수 있었다.

하지만 그 오빠는 평범한 오빠가 아니었다. 여동생을 위해서 수백조 규모의 회사를 만들었고, 필요하다면 세상도 박살낼 수 있는 오빠였다.

으드득~

어디서 이가는 소리가 들렸고 최강훈은 갑자기 몸이 으슬으슬한 것이 꼭 감기가 걸린 것 같은 느낌이 들었다. 마나를 일깨운 이후로는 처음있는 일이었다.

"그건 그렇고 하고 싶은 말이 뭐야? 지금 이 이야기는 아닌 것 같은데."

강민이 분위기를 전환하여 강서영에게 물었다.

"이 이야기는 오빠가 먼저 꺼냈잖아! 여튼. 이번에 신입사원 연수 받으면서 생각한건데 나 당분간 신입으로 회사 다니면 안 될까?

많이 생각해봤는데, 어차피 내가 회사 시스템을 조금이라도 알고 있어야 나중에 높은 위치에 올라가도 그런 시스템에 어긋나지 않게 방향을 잡을 수 있을 것 같아서 말야."

강민이 무언가 말을 꺼내려고 하자 강서영은 서둘러서 말을 이었다.

"물론 오빠가 전에 말한 것도 생각해봤어. 내가 오빠 동생인걸 알게 되면 신입사원으로 있을 수 없겠지. 근데 신입사원 천명이 있는 곳에서 연수를 받아도 내가 오빠 동생인 걸 아는 사람이 아무도 없더라. 굳이 걱정 안 해도 되지 않겠어?"

강서영이 연수에 들어가기 전에 신입사원으로 회사에 들어오고 싶다는 말을 꺼낸 적이 있었다. 당시 강민은 얼마 지나지 않아서 사람들이 강서영의 정체를 알게 될 것이고 그렇게 된다면, 어차피 신입으로는 있지 못할 것이라는 이야기도 하였다.

하지만 강서영은 지금 연수원에서 경험을 통해 자신의 정체가 드러날 가능성이 낮다는 이야기를 하는 것이었다.

이사장보다 신입사원의 자리를 좋아하는 사람은 강서영

밖에는 없을 것이다. 강민은 높은 자리를 준다고 해도 낮은 자리부터 시작하고 싶어하는 강서영의 머리를 쓰다듬으며 말했다.

"그래, 그렇게 해. 네가 그렇게 하고 싶다면 그렇게 하면 돼."

"정말? 나 정말 그래도 되는 거야?"

강서영의 생각과 다르게 강민은 너무 쉽게 그녀의 말을 들어주었다. 강서영은 강민이 약간은 반대할 것이라 생각했기 때문이었다.

어차피 강민이 그녀가 신입사원으로 들어가는 것을 반대했던 이유는, 신입으로 들어갔다가 마음 상하는 일이 생길까봐 반대했던 것이었다.

높은 자리에서 그녀의 뜻을 펼칠 수가 있는데 굳이 낮은 자리에서 마음 상해가며 일을 배울 필요는 없다 생각했기 때문이었다.

물론 강서영의 말대로 회사의 시스템을 파악하는 일은 중요하지만 시스템에 맞지 않는 일을 하여도 강민에게는 관계가 없었다. 시스템을 그녀에게 맞추면 되기 때문이었다.

하지만 모든 일의 전제는 강서영이 하고 싶어 하는 일을 할 수 있게 해주는 것이었다. 강민은 그녀가 쉽고 편한 길을 걷기를 바랬으나, 강서영이 원하지 않는다면 억지로 그녀를 자신의 생각대로 따르게 할 생각은 없었다.

강서영이 신입사원부터 하고 싶다 생각한다면 그렇게 할 수 있도록 해주면 되는 것이었다. 강민은 그럴 힘이 있었다. 다만 강민은 두 가지 조언을 해주었다.

"두 가지를 말해줄게."

"두 가지?"

"먼저, 하나 잘못 알고 있는 것이 네가 복지 재단의 이사장이 되어서 회사의 시스템에 어긋난 결정을 하여도 관계없다는 거야. 어긋나면 어긋난 대로 거기에 맞추면 되니까. 네가 하고 싶은 대로 다 해도 내가 그걸 맞춰 줄테니 걱정할 필요가 없다는 말을 하고 싶은 거야."

"아……."

"그리고 두 번째는, 네가 신입사원으로 간다고 하니 더 이상 말리지는 않을게. 하지만 그 곳에서 마음 상하며 지낼 필요는 없어. 언제든지 아니다 싶을 때는 말을 해. 너를 위한 자리는 준비되어 있으니 말이야. 굳이 힘든 사회생활을 참아가면서까지 버틸 필요는 없다는 거야."

"알겠어. 오빠."

강서영도 회사생활이 힘들다는 이야기는 많이 들어보았다. 하지만 연수원에서 재미있었던 기억과 실무를 경험해보고 싶다는 욕구가 함께하여 강민에게 이런 이야기를 하게 되었던 것이었다.

강민은 아직 현실을 겪어보지 못한 강서영이 실무에 대한 막연한 동경으로 이런 이야기를 한다는 것을 알고 있었다.

그렇기에 행여 상처받는 일이 생긴다면 얼른 포기하고 그녀가 원래 가질 수 있었던 자리로 돌아오게끔 이런 부연 설명을 하였다.

"아. 한 가지만 더 말해줄게."

"어떤?"

"연수원에서는 네가 내 동생인 것을 몰랐지만, 회사에서는 아마 아는 사람이 생길 수도 있을 거야. 오히려 그런 가능성이 더 높겠지. 아무래도 회사에서 오래지낸 사람들이니 말이야. 만약 어느 순간부터 사람들이 네 눈치를 보고 네게 과도하게 잘해준다는 생각이 들면 아마 사람들이 네 정체를 알아차렸다고 생각해도 될 거야. 그때는 더 이상 신입사원으로 있어봤자 배울 수 있는 것이 별로 없을테니, 그냥 이사장 자리를 맡도록 해."

"아…… 알겠어. 오빠. 나 잘해볼게. 히히."

강민은 강서영의 머리를 쓰다듬으며 유리엘에게 말했다.

"유리. 당분간 재단 이사장은 유리가 겸직하는 걸로 하는게 어때?"

강서영이 연수원에서 나오는 시점에서 직무를 맡을 수

있도록 복지재단의 구성은 끝난 상태였다. 그런데 강서영이 당분간 신입사원으로 일을 배우고 싶다고 하니 유리엘에게 잠시 동안 재단의 이사장을 맡는 것을 부탁하는 것이었다.

그리고 유리엘은 그것을 흔쾌히 승낙하였다.

"그러죠. 그런 일도 재미있을 것 같네요. 호호호."

NEO MODERN FANTASY STORY & ADVENTURE

현세귀환록

8장. 실전

집 앞의 공터에는 푸른 빛을 가진 마법진 2개가 설치되어 있었다. 영구 마법진은 아니었지만 당분간을 계속 활용할 마법진이었기에, 유리엘은 마정석 가루로 마법진을 그리고 손가락 세마디 정도 크기의 스타스톤 두 개를 각각 마법진의 핵으로 삼아서 진을 설치하였다.

마법진을 사용할 정시아와 최강훈은 마법진에서 흘러나오는 신비로운 빛을 홀린 듯 바라보고 있었다.

"준비는 되었나?"

강민의 말에 멍하게 마법진을 바라보던 둘은 흠칫 놀라며 대답하였다.

"네! 형님."

"네~ 오빠."

"아까도 말했지만 이 마법진으로 하는 수련을 단순한 환상으로 본다면 목숨을 부지하기 힘들 거야. 실전과 동일하다는 것을 명심해야 할거다."

"네~!"

둘은 동시에 대답하였다. 하지만 아직 마법진에 들어서지 않아서 강민의 말을 실감하지는 못하는 눈치였다.

사실 마법진으로 환상을 만들어낸다는 이야기는 정시아도 최강훈도 들어보았지만, 환상이 아니라 현실이 된다는 이야기는 처음 들어보았다. 원체 대단한 강민과 유리엘이기에 거짓을 말한다는 생각은 하지 않았지만, 겪어보지 않았기에 실감을 못하는 것도 사실이었다.

그런 둘의 기색에 강민은 노파심에 한 번 더 이야기하였다.

"일단 강훈이는 상급 익스퍼트 정도의 단계에 맞춰져 있어. 유니온 기준으로 한다면 A급 정도의 능력자에 맞춰진 것이지. 시아는 최상급 익스퍼트, A+급에 맞춰진 것이고."

강민의 말에 정시아는 약간 따지듯 강민에게 물었다.

"오빠, 강훈이는 두 등급이나 높은 수련인데, 왜 난 한 등급 높은 수련이에요?"

정시아의 질문에 강민은 실소를 지으며 반문했다.

"그럼 너도 두 등급 올려서 마스터급, 그러니까 S급으로 수련하고 싶다는거야?"

아직 수련 마법진을 겪어보지 못한 정시아는 초롱초롱한 눈으로 대답했다.

"그래요. 오빠. 강훈이가 한다면 나도 할 수 있어요."

"한번 받아보면 그런 말이 안 나올텐데. 지금 내 판단으로는 네가 S급 수련 마법진으로 들어간다면 시아 너 살아서 나오기 힘들 거야."

강민의 진지한 말에 정시아는 더 이상 고집을 부릴 수 없었다.

정시아가 강민과 이야기 하는 사이 최강훈은 몸을 풀면서 컨디션을 점검했다. 정시아의 수련 마법진 보다는 한단계 높지만 자신의 등급보다는 두단계나 높은 마법진이었다.

수련이라기 보다는 현실과 같은 상황이니 실제로 목숨이 위험할 수도 있으나, 최강훈은 강민을 믿고 있기 때문에 강민이 자신이 이겨내지 못할 수련을 시킨다는 생각은 하지 않았다.

강민은 유리엘을 보며 고개를 끄덕였고 유리엘이 마법진 앞의 둘에게 이야기를 하였다.

"준비가 다 되었으면 마법진의 중앙에 서 봐. 일단 처음이나 해당 등급의 몬스터를 한 마리 처치하면 수련을 종료

하는 것으로 할게. 그러니까 시아는 A+급, 강훈이는 A급 몬스터를 한 마리씩 처치하면 귀환 마법진이 열릴 거야."

정시아와 최강훈은 직경 5미터 정도의 마법진의 중앙에 각각 걸어 들어갔다. 둘이 중앙에 서면서 잠잠하던 마법진은 웅웅거리는 소리를 내며 시동을 걸기 시작했다.

약간의 시간이 지나자 유리엘은 짧은 시동어를 중얼거리며 손가락을 튕겼다.

딱~!

둘이 서있던 마법진은 이제껏 은은한 빛만 뿌리고 있었는데, 손가락 튕기는 소리와 함께 3미터 정도의 빛이 바닥의 문양에서 솟구쳤다.

빛과 함께 둘의 모습은 사람들의 시야에서 사라졌는데, 마치 순간이동 마법진의 방식과 마찬가지로 둘을 다른 곳으로 이동시킨 것처럼 보였다.

하지만 순간이동 마법진과는 다르게 빛의 기둥은 없어지지 않았고, 둘을 집어삼킨 마법진의 외벽에는 기하학적인 문양과 일반인이 알아볼 수 없는 문자들이 둥둥 떠 있어 마법진이 가동상태라는 것을 알려주는 것 같았다.

❖

순간적으로 몸이 아득하게 빨려 들어가는 느낌에 정신

을 놓을 뻔한 최강훈은 이내 정신을 차리고 주위를 둘러보았다.

최강훈이 자리한 곳은 마치 정글과도 같은 숲이었는데, 주위에는 처음보는 나무와 풀들이 무성하게 우거져 있었다. 나무 사이사이로 내리쬐는 햇볕과 여기저기서 들려오는 짐승들의 울음소리가 마치 실제 정글에 있는 듯한 느낌을 주었다.

"와…… 현실과도 같은 수련이라고 하더니 진짜 현실감이 있네."

아직도 강민이 말한 현실과 같다는 말을 마치 가상현실쯤으로 이해한 최강훈은 압도적인 현실감에 자신도 모르게 자신의 볼을 꼬집어 보았다.

"통증도 그대로인 걸 보니 진짜 현실과 같은 모양인가 보네. 누나 말대로라면 A등급의 마물이 있다는 말인데…… 어디 있지?"

여기에 오기 전까지만 해도 최강훈이 생각한 수련 마법진은 정시아와 대련했을 때 유리엘이 만든 공간왜곡 마법진과 같은 마법진일 것이라 생각했다. 그래서 들어가면 A등급 몬스터가 떡~하니 있을 것이라 생각했는데, 웬걸 몬스터부터 찾아야 할 판국이었다.

'일단 이 정글 속에는 있겠지? 어차피 수련 마법진인데 누님이 그리 크게 만들지는 않았을 테니…….'

혹시 모를 기습을 경계하며 최강훈은 주위를 살펴갔다. 하지만 한참을 둘러보아도 유리엘이 말한 몬스터는 나타나지 않았다.

'뭐지? 누님이 실수할 리는 없을 텐데.'

한참 긴장하며 주위를 살폈지만 찾고 있던 몬스터가 나타나지 않자, 내심 긴장이 풀리며 최강훈은 새삼 수련 마법진의 환경에 감탄하였다. 아무리 보아도 현실과 동일하였기 때문이었다.

그때였다. 등 뒤에서 자신을 노리는 날카로운 기감을 최강훈은 느낄 수 있었다. 기감이 느껴짐과 동시에 뒤를 돌아본 최강훈은 달라붙는 검은색 옷을 입고 검은 복면까지 쓴 전형적인 암살자 복장의 괴인이 단도를 들고 자신을 공격해오는 것을 볼 수 있었다.

챙~

최강훈은 수련 마법진에 들어오면서부터 꺼내어 들고 있던 환도를 이용하여 단도를 쳐내었다.

원래는 단도를 걷어냄과 동시에 회전하는 힘으로 각법을 펼치려는 계획이었으나, 단도에 실린 힘이 최강훈의 예상을 뛰어넘었다. 여태껏 상대해왔던 정시아의 힘에 육박하는 역도가 실려있는 단도에, 역습은커녕 힘에 밀려 자세마저 흐트러졌다.

암살자는 그런 최강훈을 두고보지 않았다. 기회를 잡은

듯 최강훈의 요혈을 노려가며 단도를 휘둘러갔다.

요혈만을 방어하는 최강훈의 의도를 알아차렸는지 암살자는 방어가 약한 팔과 다리 역시 공격권에 넣고 있었는데, 드디어 암살자의 단도가 최강훈의 팔을 스쳐지나가며 상처를 내었다.

'윽, 이거 진짜야! 진짜!'

처음 암살자의 단도를 막을 때까지만 해도 제대로 인식하지 못하였으나, 그 단도가 자신의 몸을 스치며 피육의 상처를 내면서 최강훈은 깨달았다. 이것이 정말 실제라는 것을 말이다.

실전과도 같다는 말을 들었지만, 마음 한 켠에는 마법진이라는 생각에 어차피 환상이라는 선입견이 있었던 최강훈은 실제 상처가 나면서 그것이 아니라는 것을 깨달을 수 있었다.

실제라는 것을 깨달으며 머리가 차갑게 식었지만, 한 번 잃은 기세를 찾아오지는 못했다. 암살자의 파죽지세의 공격에 최강훈은 간신히 방어만 하고 있었는데 요혈을 방어하기에도 급급해, 다른 부위는 피투성이가 되고 말았다.

한참 동안 파상공세를 막아가던 최강훈은 더 이상은 힘들겠다는 생각으로 약간 무리가 되더라도 급하게 샤이닝 소드를 끌어올렸다.

이대로 가다가는 힘을 써보지도 못하고 목숨을 잃을지도 모른다는 생각이 들었기 때문이었다.

샤이닝 소드를 쓰지 못하는 건지 아니면 기회를 보는 건지 암살자는 아직 샤이닝 소드를 끌어올리지 않고 있었기에, 어기충검의 샤이닝 상태로 만든 자신의 검으로 암살자의 검을 튕겨냈다.

샤이닝 상태의 검은 절삭력 뿐만 아니라 그에 실린 힘조차 일반 검에 비하여 월등하였기에 암살자의 단도를 튕겨내며 여태껏 밀리는 기세를 찾아올 수 있었다.

암살자는 최강훈의 샤이닝 소드를 보자 크게 뒤로 물러나서 다시 자세를 잡으려 하였다. 아마 자신의 단도에 기를 주입하여 샤이닝 상태로 만들려는 것 같았다. 이 암살자 역시 샤이닝 상태로 만드는 것에는 약간의 시간이 필요한 것 같았다.

최강훈은 이번 기회를 놓칠 수가 없었다. 이제까지 암살자의 공세에 밀려 자신 역시 몸을 추스릴 시간이 필요하였지만, 이번 기회를 놓친다면 암살자 역시 샤이닝 소드를 만들어 다시금 파상공세에 나설 것이 틀림없었다.

방금 교전으로 아직 기량이 암살자에 미치지 못한다고 스스로 판단한 최강훈은 샤이닝 소드까지 만든 암살자의 단도를 받아낼 자신이 없었다.

그래서 몸을 추슬러야 할 타이밍이었지만 되려 공격에

나섰다. 이미 단도의 공격으로 상처입은 몸의 이곳저곳이 신음성을 내게 하였지만 최강훈은 이를 악물고 암살자에게 환도를 찔러넣었다.

채챙~!

암살자 역시 최강훈의 기세를 느꼈는지 기를 끌어올리는 것을 멈추고 환도를 쳐냈고, 다시 물러나 샤이닝 상태로 만들 틈을 찾기 시작했다.

하지만 최강훈도 필사적이었다. 이 기회를 놓친다면 다음번에는 자신의 떨어진 목이 기다릴 것이라는 생각이 들자 피육의 상처에서 오는 통증은 느껴지지도 않았다. 집중력이 고조되고 있는 것이었다.

암살자의 역량이 최강훈을 능가하였기에 여전히 상처는 최강훈이 입고 있었지만, 최강훈은 샤이닝 상태였고 암살자는 아직 샤이닝 상태가 아니었기에 암살자의 단도 자체에는 흠집이 나기 시작했다.

그렇다고 해도 최강훈이 유리한 것은 아니었다. 마나량에는 한계가 있고 최강훈의 샤이닝소드도 영원히 지속되지는 않을 것이기 때문이었다. 최강훈 역시 B급의 자신보다 A급의 암살자가 더 많은 마나량을 가지고 있을 것이라는 것은 알고 있었다.

그렇기에 이렇게 현상만 유지하는 공방으로는 자신에게 승산이 없다는 것도 알고 있었다. 예전 자신이 C등급 때 B

등급의 슈운스케를 꺾었던 것보다 오히려 더 힘든 상황일
수도 있었다.

최강훈은 수련 마법진이라고 마음 한편으로 긴장을 풀
고 있던 조금 전의 자신에게 발길질을 하고 싶은 마음이었
다.

'이대로는 안 돼. 십여분도 버티기 힘들겠어. 역시 살을
주고 뼈를 칠 수 밖에 없겠어.'

하지만 살을 주고 뼈를 치는 것도 기회가 날 때의 이야
기였다. 빠른 속도를 내세우며 최강훈을 공략해가던 암살
자는 이제는 샤이닝 소드를 만들 생각도 않고 최강훈의 마
나를 고갈시켜 그를 해치우려는 계획인지, 더 빠른 속도로
공격을 시도하고 있었다.

오분여가 지나자 최강훈은 혈인이라고 할 정도로 이미
온 몸은 상처투성이였고 어느 한 곳 성한 데가 없었다.

반면 암살자는 아직 한군데의 상처도 없었다. 두 등급
위의 강자를 상대하는 것은 이렇게나 힘든 일이었다.

이제 최강훈의 머릿속에는 이곳이 마법진 속이라는 생
각은 전혀 없었다. 그가 살아오며 치뤘던 그 어떤 전투보
다 지금의 전투가 흉험했고 위험했다. 어떻게든 살아남기
위해서 최강훈의 집중력은 최고조에 달해있었다.

일이분여의 시간이 더 지나고 이제 최강훈의 마나가 얼
마 남지 않아 더 이상 샤이닝 조차 유지하기 힘들 때가 다

가오고 있었다.

그 순간 최강훈에게 암살자의 단도가 눈에 들어왔다. 정확히 말하면 단도에 난 가느다란 금들 눈에 들어왔던 것이었다.

샤이닝 상태인 최강훈의 환도에 수백여 차례 부딪혔던 암살자의 단도는 이미 미세한 금이 가있는 상태였다. 하지만 번개처럼 휘두르는 단도의 표면을 보는 것은 쉬운 일은 아니었다. 최강훈 역시 지금처럼 집중력이 최고조에 오른 상태가 아니었다면 그것을 보는 것은 힘들었을 것이다.

그 금들을 본 최강훈은 마지막 기회가 남아있음을 깨달았다. 더 이상 망설일 시간도 없었다. 단전에서 미미한 통증마저 느껴지는 것이 마나가 거의 고갈되었다는 것이 몸에서 먼저 느껴지고 있었기 때문이었다.

최강훈은 마지막이라는 심정으로 단전의 마나를 끌어올려 암살자의 단도를 가격해갔다. 이번에는 암살자 자체를 노리는 것이 아니라 단도를 노린 일격이었다.

파삭~!

몸을 노린 공격이 아니었기에 암살자는 단도로 최강훈의 공격을 받아냈는데, 이미 단도의 내구도가 한계에 다다랐는지 최강훈의 강력한 일격에 단도가 대여섯 조각으로 박살나고 말았다.

갑자기 무기가 상실됨에 따라 암살자는 당황할 수밖에 없었는데, 그가 당황하는 순간이 최강훈이 생각한 마지막 기회였다.

만일 최강훈 역시 그것을 노린 것이 아니었다면 그 또한 암살자와 마찬가지로 당황하여 기회를 잡을 수 없을 것이었다. 하지만 이 순간은 최강훈이 노리고 만든 상황이었기에 최강훈의 움직임에는 망설임이 없었다.

단도를 상실한 암살자가 제대로 된 자세를 잡기도 전에, 최강훈의 환도는 단도를 부순 방향으로 원을 그리며 한바퀴 돌아 암살자의 목을 향해 날아갔다.

여전히 빛나는 마나를 담은 채 날아오는 최강훈의 환도를 보고 이미 늦었다고 판단한 암살자는 목을 한껏 젖혀 재빨리 검의 궤적을 피하려 하였으나, 검의 속도는 암살자가 피하는 속도보다 빨랐다.

사샥~!

결국 환도는 암살자의 목 삼분지일 가량을 잘라냈다. 전체가 아닌 삼분지일이었지만 그것만으로도 사람의 목숨을 앗아가기에는 충분하였다. 갈려진 암살자의 목에서는 분수같은 피가 쏟아져 나왔는데 그 모습은 마치 진짜 사람과 같이 느껴졌다.

"헉……헉……."

암살자의 죽음과 함께 극도로 고조되었던 집중력이 서

서히 내려갔고, 그에 따라 신체의 고통들도 다시금 느껴졌다. 최강훈은 살아남았다는 기쁨과 동시에 온 몸에서 느껴지는 고통에 인상을 찌푸릴 수밖에 없었다.

내려다 본 자신의 몸은 어느 한군데 성한 곳이 없을 정도로 곳곳이 갈라지고 찢어져있었기 때문이었다. 특히 왼쪽 어깨는 살이 한뭉텅이 날아가있었고 오른쪽 옆구리는 깊이 갈라졌는지 아직도 뭉클뭉클 피가 솟아나오고 있었다.

✣

강민과 유리엘은 마법진 표면의 화면을 통해 최강훈의 모습을 지켜보고 있었다. 마법진의 표면에는 다양한 각도에서 최강훈을 보여주는 스크린과 그의 체내 마나흐름까지 잡아내는 스크린 등 십여개의 스크린이 떠올라와 있었다. 그리고 정시아의 마법진 역시 같은 방식의 스크린이 떠올라와 있었다.

둘은 마치 텔레비전 프로그램을 관람하는 듯한 모습으로 최강훈과 정시아가 각각 싸우는 모습을 보았는데, 정시아보다 최강훈이 먼저 상대방에게 승리하자 둘은 동시에 의미심장한 미소를 띠었다.

최강훈이 이기는 것을 본 유리엘이 먼저 강민에게 말을 걸었다.

"역시 민의 말대로 시아보다 강훈이가 먼저 이겼네요. 전 그래도 등급차가 적은 시아가 먼저 이길 줄 알았는데 말이죠."

"강훈이는 승부감각이 있어. 두 등급이나 떨어지는 자신이 장기전으로 끌고가면 힘들다고 생각했을거야."

"그래도 강훈이는 상성이 좀 불리했고, 시아는 상대적으로 상성이 유리한 편이잖아요."

"그렇긴 하지만, 실전 경험에서도 차이가 있지."

"그렇다면 민은저런 식으로 끝날 줄도 알았어요?"

"저 방식까지는 몰랐지만, 필사의 각오를 한 강훈이 어떻게든 돌파구를 찾아낼 줄 알았어."

강민의 말에 고개를 끄덕인 유리엘은 강민에게 다시 물었다.

"여튼 오늘은 이기긴 했지만, 졌다고 해도 이상하지 않을 상황이니…… 한 단계 낮추는게 어떨까요? 힐링이 있다고 하더라도 저렇게 만신창이가 된다면 한동안 움직이기 힘들 것이고, 서영이도 걱정할 거잖아요."

유리엘이 하는 걱정의 절반은 최강훈이 아니라 강서영에게 가 있었다. 어차피 강민이 잔류마나를 남겨둔 이상 최악의 상황은 벌어지지 않을 것이지만, 그래도 자신이 좋아하는 사람이 이렇게 상처입은 모습을 본다면 일반인인 그녀로서는 충격을 받을 것이기 때문이었다.

유리엘의 말에 잠시 생각하던 강민이 그녀에게 대답했다.

"내가 과대평가를 한 것이 아니라면 강훈이가 계속 이 단계로 하고 싶어할 거야. 그녀석 보기보다 승부근성과 투쟁심이 있거든. 그리고 위험해야 실전 감각이라는 것을 기를 수 있겠지. 그렇지 않다면 단순 수련과 다를 바가 없을 거야."

"그렇긴 하죠. 일단 다시 불러와야겠네요."

✢

어느 정도 몸을 추스린 최강훈은 언제 유리엘이 수련마법진을 닫고 자신을 부를지 기다리고 있었다. 하지만 암살자를 죽인지 약간의 시간이 지나도 마법진에는 아무런 변화가 없었다.

최강훈은 마법의 종료를 기다리면서 방금 해치운 암살자를 살펴보았다. 아직도 암살자의 잘린 목 부위에서는 피가 새어나오고 있었기에, 마치 자신이 실제 사람을 죽인 것 같은 느낌이 들고 있었다.

'이거 진짜인가? 아니 그럴 리가 없는데……'

최강훈이 이 상황에 대해서 정말 현실이 아닌가라는 의문을 갖기 시작할 때 즈음이었다. 갑자기 주위에서 웅웅거리는 소리가 들리더니 암살자의 피와 시체가 빛나는 푸른 가루로 변하여 사라졌다. 그리고 여기에 올 때와 마찬가지로 어딘가로 빨려 들어가는 느낌이 들면서 순간적으로 앞이 흐려졌다.

최강훈이 다시 눈을 떠보니 주위에 온통 우거진 무성한 숲은 신기루처럼 사라져 있었고, 자신은 처음처럼 그 수련 마법진의 중앙에 서있는 것을 알 수 있었다. 하지만 피투성이가 된 몸은 그 수련이 환상이 아님을 알 수 있게 하였다.

유리엘은 최강훈이 돌아온 것을 보고 그에게 다가가려 하였는데, 최강훈은 유리엘이 다가서기도 전에 정신을 잃고 무너져 내렸다.

마나고갈에 체력까지 고갈되고 출혈까지 많은 최강훈의 상태는 예전에 기절했어야 마땅한 상태였으나, 그는 강한 정신력으로 간신히 정신을 부여잡고 있었었다. 하지만 현실로 돌아오며 강민과 유리엘을 얼굴을 보자 수련 마법진에서 한껏 끌어올린 긴장감이 풀어지면서 기절해버린 것이었다.

유리엘은 무너지는 최강훈을 향해 손짓을 하여 바닥에 닿기 전에 허공으로 띄웠다. 1미터 정도 떠오른 최강훈의 몸은 유리엘이 가까이 가면서 점점 바닥으로 내려갔고, 유리엘이 그의 옆에 설 때쯤 최강훈의 등은 바닥에 닿아 있었다.

상처투성이의 최강훈을 바라보며 유리엘은 그의 몸을 향해 손짓 하였고 어느새 최강훈의 몸은 따뜻한 느낌의 은색의 빛에 휩싸였다. 빛 속에서 최강훈의 상처는 하나 둘 아물어 갔고 가장 큰 옆구리와 팔의 상처도 새살이 돋아나며 나아가고 있었다.

유리엘이 최강훈을 치료하는 동안 정시아도 상대를 처리했다. 화면상에 보이는 정시아의 상태는 최강훈에 비해서는 멀쩡하였으나, 그녀 역시 군데군데 크고 작은 상처를 입고 있었다.

정시아의 상대는 중세풍의 판금갑옷을 입은 기사였는데, 최강훈의 경우와는 반대로 정시아가 빠른 움직임을 통해 주도권을 잡고 파상공세를 펼쳤다.

정시아는 공세를 펼치며 처음에 쉽게 이길 수 있을 것 같다는 생각을 하였다. 왜냐하면 기사가 막는 것에 급급하다고 생각했기 때문이었다.

하지만 기사는 막는데 급급한 것이 아니라 기회를 보고 있던 것이었다. 기사가 단순공격에 충격을 입지 않는 것 같기에 정시아는 진혈 끌어올려 더 강한 공격을 가하기 위해 마나를 모으려는 사이, 기사의 검이 번개처럼 날아왔다.

뜻밖의 공격에 정시아는 서둘러 피하려 하였으나, 그녀는 완전히 피하지는 못하고 허벅지에 검상을 입고 말았다.

다리부분을 당하여 스피드가 좀 떨어졌지만 여전히 정시아의 스피드는 무거운 판금갑옷을 입은 기사를 앞서고 있었다.

그러나 정시아에게 문제는 허벅지의 검상이 아니었다. 상처를 입으며 실전임을 자각한 후 기사의 강맹한 공격에 진짜 죽을지도 모른다는 두려움이 생겼다는 것이 문제였다.

실전이라도 그 기사가 자신보다 역량이 떨어지는 상대면 두려움까지는 들지 않았겠지만, 공방을 나눠보며 기사의 역량이 자신보다 우위라는 것을 확인한 상태였다. A+급 상대라는 유리엘의 말을 심감하는 중이었다.

정시아도 과거 실전을 겪지 않은 것은 아니었지만 대부분 자신 보다 낮은 능력자와의 싸움이었고 이렇게 자신보다 강한 사람과의 생사결을 펼친 적은 거의 없었다.

그래서 그 이후의 페이스는 기사에게 넘어갔다. 정시아가 적극적인 공격보다는 소극적인 방어에만 급급하였기 때문이었다.

몇 군데의 상처가 더 생기고 정시아가 궁지에 몰리며 정신적으로 위축될 무렵 그녀의 내부에서 무언가 변화가 일어났다. 이렇게 죽고 싶지 않다는 오기와 양아버지의 복수를 위해서 이 수련을 이겨내고 더 강해져야 겠다는 투쟁심의 발현이었다.

그녀 역시 필사의 각오로 전투에 임하자 상성상 유리했던 정시아가 서서히 주도권을 되찾아왔다. 결국 30센티미터 정도 길게 뻗친 손톱을 단도처럼 사용하여 기사의 뒷덜미에 꽂아넣으며 정시아는 승리할 수 있었다.

그 후 최강훈과 마찬가지로 현실로 돌아온 정시아는 유리엘에게 간단한 치료를 받았다. 정시아는 최강훈이 먼저 돌아와 있는 것을 보고 흠칫 놀란 표정을 지었다. 자신은 한등급 위의 수련이지만, 최강훈은 두 등급 위의 수련인데도 자신이 그보다 더 늦게 돌아왔다는 사실에 패배감까지 들었다.

하지만 최강훈의 옷이 넝마나 다름없고 지금 최강훈이 기절해 있는 걸로 보아 자신의 상태가 더 낫다는 것을 알 수 있었고, 그 사실에 그나마 그 패배감을 다소 지울 수 있었다.

얼마 지나지 않아 최강훈이 일어났고, 강민은 최강훈과 정시아를 앉혀놓고 전투에 대한 복기를 하였다.

"강훈아. 마지막 단도 부수고 목을 잘라낸 일격은 좋았다. 하지만 처음부터 긴장을 놓치지 않고 기습을 당하지 않았다면 주도권을 잃지 않고 좀 더 쉽게 전투를 풀어갈 수 있었을 것이야. 어떻게 생각하나?"

"……네. 형님. 처음에 긴장이 풀어진 건 사실입니다. 앞으로는 그런 일이 없을 것입니다."

"어쩌냐. 두 단계 위의 수련이. 네 스스로 무리라고 판단한다면 한 단계는 낮춰줄 수 있다."

고개를 숙이고 있던 최강훈은 한 단계를 낮춘다는 말에 강민을 바라보고 말했다.

"분명 목숨을 잃을 뻔한 일이 많이 있었습니다."

최강훈은 다시금 결심을 굳히는 듯 잠시 멈추더니 말을 이었다.

"하지만, 형님 말씀대로 저는 실전에서 깨달음을 얻을 수 있을 것 같습니다. 살아남을 것입니다. 그리고 강해질 것입니다."

"그래 그런 마음이라면…… 그래. 오늘 수준으로 유지하도록 하자."

최강훈과의 복기를 끝낸 강민이 이번엔 정시아를 보며 말했다.

"시아. 너는 이번 전투에서 어떤 잘못을 했다고 생각해?"

강민이 자신의 전투모습을 지켜보았다는 것을 알고 있는 정시아는 허벅지에 상처입은 후 꼴사납게 전투를 치뤘던 자신의 모습이 생각나서 자신도 모르게 아랫입술을 깨물었다가 대답했다.

"……실전에 익숙하지 않아서 소극적인 모습을 보였어. 미안해 오빠. 앞으로는 안 그럴게."

정시아가 자신의 잘못을 인정하니 강민은 별도의 말을 하지 않았다. 누구든 한 번의 잘못은 할 수 있었다. 그 잘못이 반복되면 문제라 할 수 있었다.

전투에 대한 이야기를 마친 강민은 오늘 수련을 마치면서 둘에게 말했다.

"그래. 둘 다 앞으로 기대해 보지. 오늘보다 쉬운 날은 드물 것이니 각오하는 것이 좋을 거야."

오늘이 쉬웠다는 강민의 말에 최강훈과 정시아는 흠칫 놀랐지만, 그들의 눈에 담긴 결의는 약해지지 않았다. 그들에게는 새로이 굳은 결심을 한 지금부터가 진정한 수련의 시작이라 할 수 있었다.

NEO MODERN FANTASY STORY & ADVENTURE

현세귀환록

9장. 사연

    서울 외각의 한 정신병원에는 오늘도 괴성을 지르는 이
형태가 있었다.

    "크아아악!! 크악!!"

    "야. 잡아! 얼른 진정제 한 방 더 넣고!"

    건장한 남자 간호사 두 명이 이형태를 양 옆에서 붙잡고
나머지 한 명이 진정제를 찔러넣었다. 괴성을 지르며 몸부
림 치던 이형태는 진정제가 들어가고도 한참을 더 버둥거
리다가 움직임임을 멈추었다.

    이형태를 진정시킨 스포츠머리의 간호사가 잠든 이형태
를 바라보며 두건을 쓰고 있는 간호사에게 말했다.

    "휴…… 이 환자 상태가 점점 심해지는데."

"그러게 말이야. 들어올 때부터 심한 것 같더니 점점 더 하네. 야, 근데 그거 알아? 이 환자 입원할 때 말고는 한번도 보호자가 찾아온 적이 없어."

주사기를 들고 있던 간호사가 둘의 말을 듣고 있다가 갑자기 끼어들며 물었다.

"그래? 그럼 그 쪽인가?"

이야기를 나누던 둘은 그 간호사를 바라보며 대답을 해 주었다.

"아마도 그런 것 같아."

"근데 이 정도 중증이면 일반 정신병원에 넣어도 될 것 같은데 왜 이 쪽으로 데리고 온 거지?"

"난들 아냐. 원장님이 다 생각이 있겠지."

이형태가 잠이 든 것을 확인한 남자 간호사들은 두런두런 이야기를 나누면서 병실 밖으로 나갔다.

간호사들의 말처럼 이곳은 일반 정신병원은 아니었다. 사실 이 병원은 재산 분쟁 등으로 멀쩡한 가족들을 정신질환자로 만들어서 감금을 대행하여 주는 병원이었다. 현행 법상 가족 2명의 동의와 의사의 처방만 있다면 멀쩡한 사람을 정신질환자로 만드는 것은 어려운 것이 아니었다.

그리고 이 병원의 원장은 그 처방을 내어 주는 사람이었기에, 이곳에는 멀쩡한 정신의 정신질환자가 많았다. 즉, 이곳은 사설 감옥이나 마찬가지인 곳이었다.

하지만 이형태가 이곳에 있는 이유는 이 병원의 다른 사람들과 조금 달랐다. 이일광이 강민과의 일을 처리하는 동안만 잠시 머물 곳을 찾다가 이형태를 여기에 입원시켰는데, 그 이후 이일광이 다시 나타날 수 없었기에 이형태는 지금도 이곳에 머물고 있었던 것이었다.

이일광 사후에 아무도 그를 돌봐주지 않았지만, 병원장은 이형태를 소홀히 대할 수는 없었다. 이형태가 일광회라는 조직폭력배의 두목이고 이형태가 그의 아들이라는 것을 알고있기 때문이었다.

아직 이일광이 죽은 줄 모르는 병원장은, 이일광이 몇 달간 이형태를 방치한다 하더라도 그를 내팽겨 칠 수는 없는 상황이었다. 언제 이일광이 나타나서 이형태를 찾을지 모르기 때문이었다. 그리고 이곳에는 몇 달, 몇 년동안 가족들을 방치하는 경우가 많았기에 이런 경우가 드물지는 않았다.

물론 다른 사람들과는 달리 이일광에게는 한푼도 받지 못했다는 문제가 있기는 하였지만 말이다.

그런 이형태에게 오늘은 방문자가 있었다. 하지만 모두 잠든 새벽시간대라 정상적인 방문이 아닌 것은 자명한 사실이었다.

병실의 문으로 들어온 것이 아니라 창문을 부수고 들어왔다는 것이 그가 방문이 아니라 침입을 했다는 것을 확실히 보여주고 있었다.

흰셔츠에 검은 정장을 입은 40대의 중년인이 병원 침대 위의 이형태를 바라보며 혼자 중얼거렸다.

"호오. 이 정도로 쌓인 악기라니. 크큭."

창문의 파손으로 인해 사방에서 울리는 싸이렌 소리에도 아랑곳 않고 정장의 중년인은 이형태를 찬찬히 살펴보았다.

"골수까지 악기가 가득 찼군. 근래 보기 드문 좋은 재료야. 이 놈을 얻는 것만으로도 한국까지 온 보람이 있는데?"

중년인이 이형태를 살피는 사이, 병원의 남자간호사들이 이형태의 방으로 뛰어 들어왔다.

그들은 이형태가 발작으로 결박된 끈에서 빠져나와 창문을 부셨다고 생각하고 들어왔으나 뜻밖의 괴인이 이형태와 같이 있는 광경을 보고 순간적으로 멈칫하였다.

3명의 간호사 중 가장 연장자로 보이는 30대의 남자 간호사가 그들의 대표하여 중년인에게 외쳤다.

"당신은 누구요!"

남자간호사의 외침에 이형태를 살피던 중년인은 고개를 돌려 간호사들을 바라보았다. 그 중년인의 눈이 무척 특이하였다.

중년인의 눈은 검은 자위가 거의 보이지 않고 흰자위만

보이는 괴이한 눈이었는데, 중년인 그 눈으로 세 명의 간호사들 지긋이 바라보았다. 중년인의 시선에 왠지 오싹해진 세 명의 간호사들은 자신들도 모르게 한 걸음씩 뒤로 물러났다.

그런 간호사들의 모습에 중년인은 클클대며 웃더니 그들에게 말을 건넸다.

"크크큭. 오늘은 최상급의 재료를 얻은 좋은 날이니 네놈들을 죽이지는 않으마."

말을 마친 중년인은 자연스레 이형태의 결박끈을 끊어내고 이형태를 어깨에 들쳐 메었다. 그런 중년인의 모습에도 간호사들은 나서지 못했는데, 중년인의 몸에서 풍기는 기운이 그들을 섣불리 다가가지 못하게 하였기 때문이었다.

이형태를 어깨에 멘 중년인은 들어올 때와 마찬가지로 부서진 창문을 통하여 병실을 빠져나갔다. 중년인이 나가고 나서야 간호사들은 창가에 서서 그의 행방을 눈으로 쫓았는데, 창밖으로 보이는 중년인은 자동차보다도 빠른 속도로 숲의 저 너머로 사라졌다.

중년인이 이형태를 데리고 사라지고 나자 간호사들은 이제야 사태를 파악한 듯 당황해하며 이야기를 나누었다.

"이제 어쩌지?"

"어쩔 수 없지. 일단 원장님께 보고하는 수밖에."

원장에게 보고한다는 스포츠 머리 간호사의 말에 나이가 가장 많아 보이는 간호사가 이야기하였다.

"근데 우리가 아무런 제지도 안 하고 환자를 보낸 것을 알게 되면, 원장님이 우리를 가만히 놔두지 않을 것 같은데?"

"그럼 어떻게 해야 하겠습니까, 기철 형님?"

기철이라 불린 남자는 잠시 생각하더니 나머지 둘을 보며 말을 시작했다.

"일단 방에 있는 CCTV 기록을 지우고, 우리끼리 좀 싸워서 반항의 흔적을 만들어야겠다. 그렇게 하면 우리도 할 말이 생기겠지."

기철의 말에 나머지 두 간호사는 서로를 바라보더니 고개를 끄덕였다. 그리고 이윽코 서로 간에 주먹질을 하여 싸웠던 흔적을 만들어냈다. 외부의 침입에 대해서 적극적으로 방어한 것으로 보이기 위해서였다.

❖

얼굴 군데군데가 멍이 들고 입술이 터진 채 보고 하는 기철의 모습에 김태용 원장도 그에게 별 다른 말을 하지 못했다. 원장이 보기에도 기철과 나머지 두 간호사의 입장에서는 최선을 다한 모습이었기 때문이었다.

"CCTV에는 그 괴인의 모습이 찍혔겠지?"

김태용 원장은 CCTV라도 확보를 하여 나중에 이일광이 그를 찾았을 때, 그 장면을 보여주며 면피를 할 목적으로 기철에게 물어보았다.

하지만 기철은 곤란하다는 표정으로 원장에게 대답하였다.

"그…… 그게…… CCTV 케이블이 빠져 있어서 찍히지가 않았습니다. 죄송합니다. 원장님."

"허어……."

기철의 대답에 원장은 한숨을 쉬며 머리를 굴렸다.

'이일광이 연락처를 남기지 않아서 연락도 먼저 못하는데 어쩌지…… 조폭이라면 나 하나쯤 묻어버리는 것은 일도 아닐 텐데…… 도망을 쳐야하나…… 몇 개월 동안 한 번도 찾아오지 않았다면 이미 버린 자식 아닌가? 흐음. 일단 이일광을 만나서 아들을 어떻게 생각하는지 알아봐야겠네…….'

원장은 경찰 수사 같은 것은 생각도 하지 않았다. 경찰을 부르기엔 자신이 걸리는 점이 너무 많았기 때문이었다. 만일 경찰을 불렀다가 자신의 병원에 있는 환자들이 증언을 하기 시작한다면 자신이 감옥에 가는 것도 시간문제일 수 있었다.

하지만 김태용 원장에게는 너무도 다행스럽게도 이일광은 이미 이 세상 사람이 아니었다. 물론 김태용 원장이 알 수는 없었지만 말이었다.

이형태의 납치 사건 이후, 김태용은 서울에서 이일광을 만나기 위하여 수소문하였지만 그가 알 수 있었던 것은 일광회가 와해되었다는 사실과 이일광이 실종되었다는 사실뿐이었다.

그 사실을 들은 후 김태용은 안심할 수 있었다. 조폭이 실종되었다는 말은 이미 실각하여 산에 묻혔거나, 드럼통에 넣어져서 바다에 던져졌을 가능성이 높았기 때문이었다.

김태용은 더 이상 이형태 건에 신경을 쓸 필요가 없다고 생각했다. 그렇게 이형태는 흔적도 없이 한 괴인의 손에 넘어가고 말았다.

❖

창문을 등지고 있는 가죽의자에는 70대 노인이 앉아 있었고, 그 앞의 고풍스러워 보이는 테이블의 앞에는 50대의 중년인이 서 있었다. 십여평의 공간 양옆으로 짜여진 책꽂이의 대부분에는 책이 꽂혀 있는 모습이 이 노인의 서재임을 짐작하게 하였다.

"아버지, 우리도 이제 가문의 그늘에서 벗어나야하지 않겠습니까?"

"흐음……."

70대 노인에게 50대 중년인이 약간 강한 어조로 말을 하였는데, 50대 중년인의 말로 보아서 부자지간임을 알 수 있게 하였다.

테이블에 신문을 펼쳐놓은 70대 노인은 아들의 말에 고개를 들었는데, 그 노인은 현승그룹의 회장 유현승이었다.

하지만 유현승 회장은 아들 유태우의 질문에도 명확한 대답을 하지 않은 채 단지 나지막한 소리를 냈을 뿐이었다.

그런 유현승 회장의 모습에 유태우는 답답하다는 듯 다시 한 번 재차 말했다.

"언제까지 천왕가의 가신으로만 살수는 없지 않습니까! 말이 좋아 가신이지 이건 숫제 하인 취급 아닙니까! 아버지께서 현승그룹을 일으킨 것은 당당한 가문의 일원으로 인정받기 위해서이지, 이렇게 돈 줄 취급 받으려고 한 것은 아니지 않습니까!"

유현승 회장은 아들의 울분이 이해가 갔다. 얼마 전 다녀온 가문의 회합에서 여전히 유현승과 유태우에 대한 대접은 좋지 못했다.

아니 좋지 못했다는 말로 넘어가기에는 유현승과 유태우가 사회에서 받는 대우가 너무 좋았다.

사회에서는 한국에서 서열 2위의 재벌 회장과 부회장이었다. 누구나 우러러보고 존경하는 위치였다.

하지만 천왕가의 회합에서 둘의 취급은 회합장의 한 귀퉁이에 간신히 앉는 정도일 뿐이었다. 그것도 유현승만 회합장에 앉았을 뿐이고, 유태우는 앉을 자리조차 없었다.

자리야 그렇다 칠 수는 있었다. 하지만 유태우와 동년배 정도의 인물이 유현승을 얕잡아보며 이야기하는 것에 유태우는 더 이상 참을 수가 없었다.

그리고 십년, 이십년이 지나면 유태우가 지금 유현승의 자리에 앉을 것이었다. 만일 자신이 아버지 유현승처럼 그런 굴욕을 받으면 자신의 아들 유세진이 자신과 같은 감정을 느낄 것이라고 생각하니 유태우는 더 이상 이렇게는 안 되겠다는 생각이 들었다.

계속되는 유태우의 울분에 유현승도 나지막이 이야기를 꺼냈다.

"그래서 어쩌자는 말이냐. 가문을 나가자는 말이냐? 우리가 나간다고 하면, 가문에서 우리를 순순히 보내 줄 것이라고 생각하느냐?"

유현승의 대답에 유태우는 반색하며 대답했다.

"역시 아버지도 가문의 행태에 불만이 있으시군요. 그

것으로 되었습니다. 아버지께서 그렇게 생각하신다면 방법은 제가 찾겠습니다. 더 이상 우리 현승이 천왕가의 돈줄 역할만 하지는 않을 것입니다."

"대체 어쩔 생각인 것이냐? 그들은 일반인이 아니다. 초인이야 초인. 우리가 대책 없이 그들을 등졌다가는 우리 일가는 살아남기 힘들 것이야."

"아버님은 태상가주님때부터 천왕의 밑에 있어서 그런 두려움을 갖고 계실 테지만 저는 다릅니다. 준비를 하고 있습니다."

"준비? 어떤 준비 말이냐?"

"현승 디펜스에 있는 S포스입니다."

현승 디펜스는 현승 계열에 있는 경호업체였다. 그리고 S포스는 그 현승 디펜스의 정예요원을 모아놓은 요인 경호팀이었다. 이를 알고 있는 유현승은 의아해하며 유태우에게 되물었다.

"S포스? 그건 특별 요인 경호 팀 아니냐?"

"표면상으로는 그렇지요. 천왕가에서 보낸 최실장을 속이기 위해서도 그랬구요. 하지만 S포스는 능력자들을 상대하기 위한 팀입니다. 유니온에게서 마나장비도 사들여 마물사냥도 해봤습니다. 왠만한 능력자는 S포스로 잡을 수 있을 겁니다."

"허어……."

유현승 회장은 아들이 이렇게 까지 생각하고 있는지는 몰랐다. S포스가 생긴지가 10년이 넘었으니 아들의 이런 생각은 하루 이틀 사이에 이루어 진 것은 아니라는 이야기 였다.

"대체 언제부터 그런 생각을 하고 있었던 것이냐?"

"언젠가 가문과 우리 현승이 분리 된다면 자구책을 갖추어야 하겠다고 생각하여 시작했던 것입니다. 저도 이렇게 가문과 직접 대립 할 것이라고 생각하지는 않았습니다."

유태우의 말에도 유현승은 그렇게 생각하지 않았다.

'그렇지 않겠지…… 원체 남의 밑에 있기를 싫어했던 녀석이니, 언젠가는 가문을 박차고 나갈 생각을 하였을 것이야…… 다른 사람은 모르겠지만 태상가주는 다른 사람과 다른데…… 흠…….'

하지만 유현승은 눈을 빛내고 있는 유태우를 포기시킬 수는 없었다. 자신 역시 가문의 그런 대우에 부당함을 느끼고 있었는데, 아직 젊은 아들은 오죽하겠는가. 결국 당부의 말을 할 수 밖에는 없었다.

"태우아. 네 생각은 알겠다. 하지만 가문에는 정말 초인이라고 할 만한 사람들이 있다. 네가 키운 S포스들이 어느 정도의 능력을 가진지는 모르겠지만, 결코 섣불리 나서지는 말거라. 두 번, 세 번 신중하게 생각하고 행동해야 할 것이야."

유현승의 암묵적인 승낙에 유태우는 기뻐하며 말했다.

"네, 알겠습니다. 아버지. 저도 우리 일가의 생사가 달린 문제인데 함부로 행동하지는 않을 것입니다."

유현승은 그런 아들의 대답에 굳은 표정으로 고개를 끄덕일 뿐이었다.

그렇게 각자의 사연들을 품고 3년이라는 시간이 흘러갔다.

〈4권에서 계속〉